KB009355

영국 일기

빛나는 일상과 여행의 설렘,
잊지 못할 추억의 기록

영국 일기

My journal in the UK

윤정 지음

세나북스

여름의 한가운데에서
영국을 사랑한 시간

프롤로그

영국 일상과 여행으로의 초대

지금으로부터 4년 전인 2018년 크리스마스 시즌, 저는 영국 여행 준비로 한창이었습니다. 첫 영국 여행이었기에 여행 서적도 여러 권 살펴보고 유튜브에서 영국 관련 영상도 찾아보았지만, 정보가 너무 많아 도리어 어디를 가야 할지 결정하기 쉽지 않았습니다. 결국 빅벤을 보고 싶다거나 빨간 우체통 앞에서 사진을 찍고 싶다는 막연한 이미지만 가지고 여행길에 올랐습니다.

구체적인 계획도 없는 2주간의 여행이었지만 이국적인 거리를 걷는 것만으로도 행복했습니다. 사람들은 상냥했고 눈을 마주치면 따뜻하게 웃어주곤 했습니다. 길거리의 크리스마스 장식과 불빛은 또 얼마나 예쁘게 빛나던지, 지금도 잊을 수 없는 아름답고 좋은 추억으로 남아있습니다.

여행이 끝나고 현실로 돌아왔을 때 한 번만 더 영국에 가고 싶다, 이번에는 가능하다면 영국에서 살아볼 수 있다면 좋겠다는 작은 소망이 생겼습니다. 당시에는 일본 도쿄에 있는 한인 학원에서 국어 강사로 일하고 있었습니다. 그러던 중 영국 워킹 홀리데이를 신청했고 합격하게 되었습니다. 일본 생활을 마무리하고 반년 정도의 준비 기간을 가진 후에 다시 영국에 가게 되었습니다.

그로부터 2년간 영국에서 일하며 생활했습니다. 영국에서 보낸 2년은 뒤죽박죽 제멋대로인 날씨와 어렵고 낯선 언어에 적응하며 천천히 한국어 선생님으로 성장할 수 있었던 시간이기도 했습니다. 책 속에는 도쿄 교환학생 시절 만나 연인이 된 알렉스와 그의 가족 이야기, 함께 애프터눈티와 가든파티를 즐겼던 이웃들과의 이야기, 런던에서 만난 한국 사람들과의 에피소드 등이 담겨 있습니다.

영국에서의 소소한 일상 이야기뿐만 아니라 여행 이야기도 함께 있습니다. 영국을 비롯한 유럽 국가들은 서로 간 이동이 쉬운 편입니다. 코로나의 영향으로 여행을 많이 다닐 수는 없었지만, 지난 여름에는 다행히 이탈리아의 수도인 로마에 다녀올 수 있었습니다.

귀국을 2주 정도 앞두고는 한국에서 가족이 영국을 방문했습니다. 영국에서는 여행 중에 "Thank you" "Please" "Sorry"라는 세 가지 영어만 알아도 유용하다는 말을 가족 모두 잘 따라주어 감사했습니다. 또 지하철과 버스에서 부모님께 매번 자리를 양보해주던 런던 사람들에게도 무척 고마웠습니다.

영국에 사는 동안 우연히 만났던 상냥한 사람들이 떠오릅니다. 뒷사람을 위해 문을 잡은 채 기다려주고, 모르는 여인의 유모차를 계단 위로 기꺼이 들어 올려주고, 처음 보는 사이에도 "Are you alright? (괜찮아요?)"하고 물어봐 주는 따스한 마음의 영국 사람들과 만날 수 있어 행운이었습니다. 이런 행복한 기억들이 영국을 향한 사랑과 그리움을 더 진하게 만듭니다.

<한 번쯤 일본 워킹홀리데이>로 처음으로 인연을 맺은 세나북스의 최수진 대표님께 가장 감사드립니다. 영국 이야기를 쓰고 싶다고 했을 때 믿고 맡겨주신 덕분에 이 책에 앞서 영국 문화 에세이 <500일의 영국>을 출간할 수 있었습니다. 생각지도 못한 큰 사랑을 받아 많은 분이 읽어주셨습니다. 감사한 마음입니다.

어찌 보면 엄청난 사건이 등장하거나 아주 특별한 경험을 다룬 이야기는 아닙니다. 하지만 저의 영국 일상 이야기는 누구에게나 일어날 법한 평범한 이야기이기에 더 재미있게 읽힐 것이라고 믿습니다. 일상의 빛나는 작은 조각들이 모여 우리의 인생이 이루어집니다. 영국에서의 작고 소소한 일상들이 모여 제 인생의 한 부분을 환하게 밝혀주었습니다.

영국에 한 번도 가본 적 없던 4년 전의 제가 이 책을 읽어도 재미있게 읽을 수 있으면 좋겠습니다. 과거의 저 대신 독자님들께서 이야기를 마음껏 즐겨주시기를 기대합니다. 저는 얼마 전 2년간의 영국 생활을 마무리했지만 책을 손에 든 독자님은 지금부터 흥미진진한 영국 이야기 속으로 여행하시게 됩니다. 즐거운 여정이 되시길 바랍니다.

2022년 12월

윤정

* 집필 시기는 2022년 5월부터 10월까지이지만 생동감을 살리기 위해 현재 시점으로 서술된 글도 있습니다.

CONTENTS

Part 1 영국에서의 영국적인 하루
Some British days in the UK

Part 2 웨일즈의 한국어 선생님

Korean teacher in Wales

Part 3 로마의 뜨거운 휴일
Roman holiday

Part 4 영국은 처음이야, 한국 가족
Family trip in the UK

Part 1

영국에서의
영국적인 하루

Some British days in the UK

이웃과 함께 정원에서, 바비큐 파티

영국에 와서 살기 시작한 지도 거의 2년이 다 되어가던 봄이었다. 귀국까지 석 달 남은 2022년 5월 네 번째 주 일요일, 옆집 부부와 함께 바비큐 파티를 했다. 오후 내내 준비하느라 알렉스의 어머니 로즈와 아버지 폴은 부엌과 정원을 돌아다니며 바쁘게 움직였다. 뭐 도울 게 있나 물어보러 부엌을 기웃거렸지만 로즈는 아직은 괜찮다며 나를 위층으로 올려보냈다. 방에 앉아 가만히 〈해리 포터〉를 읽었다. 5월이 가기 전에 마지막 권까지 읽고 싶었다. 올해 초부터 읽기 시작한 시리즈가 다섯 달째 내 머릿속에서는 끝나지 않은 채였다. 좋은 글은 읽기가 아깝고 한 장 한 장 넘기는 순간마저 아쉽다. 〈해리 포터〉도 그런 책 중 하나였다. 이대로 읽다가 결말까지 다 보고 나면 허전함이 남을 그런 책.

강의실로 사용하는 내 방은 강의가 없는 일요일에는 휴식 공간이 된다. 되도록 일 같은 건 생각하지 않고 편하게 쉬고 논다. 심지어 컴퓨터가 있는 책상 근처의 의자에도 앉지 않는다. 책상 앞 안락의자에 파묻힌 채 책을 읽거나 아이패드로 그림을 그린다. 정신을 차려보니 어느덧 저녁 시간, 알렉스가 문을 똑똑 두드린다.

"옆집 사람들이 왔다는데 인사하러 가자."

나는 거울을 보며 옷차림을 단정히 하고 앞장서서 걷는다. 부엌을 지나 정원으로 간다. 바비큐 테이블에 나란히 앉아 있는 두 어르신. 알렉스네 가족이 이곳에 이사 온 첫날부터 반갑게 인사해주고 환영해주신 이웃분들이다.

중년 이후 어른들의 나이는 가늠하기 힘들다. 로즈는 내 눈에는 마흔처럼 보이지만 예순이 넘었고, 폴은 예순이 채 안 됐지만 마흔 조금 안 되어 보인다. 세계적인 평균으로 봤을 때 한국이나 아시아 사람들은 나이를 먹어도 꽤 동안이라는 이야기를 듣지만, 내 눈에는 이쪽 사람들이 더 나이를 천천히 먹는 것 같다. 어쩌면 스무 살쯤에 확 어른의 얼굴을 가지게 된 후 그 모습을 쭉 지속하는 걸로도 보인다. 이런 이야기를 하면 여기 어른들은 정말 좋아한다.

내가 일하게 된 영국 학교의 담당 선생님도 (후에 더 소개하겠지만 그녀의 이름은 빅키다) "마흔 살인 줄 알았어요."라는 내 말에 "Oh, I love you so much (너 정말 마음에 든다)."라며 웃어주었다. 실제로 그녀는 내 나이 또래의 딸이 있는 엄마뻘의 어른이었다.

옆집 부부 역시 마찬가지다. 로즈가 미리 그 어른들에게는 손녀와 손자가 있고 그 손녀와 손자가 나보다 나이가 많다는 걸 언급해주지 않았더라면, 나는 그들과 로즈를 비슷한 나이로 봤을 것이다. 실제로 이야기하는 걸 보면 로즈가 그 부부를 특별히 공손하게 대하지도 않아 나이 차를 가늠할 수가 없다. 한국인인 내 시선에서 바라본다면 존댓말도, 따로 차려야 할 격식도 없이 아주 편안한 몸짓과 말투로 서로를 대하는 게 영국에 온 지 꽤 된 지금도 여전히 조금은 낯설다.

우리 할머니보다도 나이가 많은 분들일 것이라 짐작하고 매우 깍듯이 대했다. 부부 중 여자분은 명랑하게 웃으며 수다를 떠는 게 마치 내 또래 같기도 하고, 로즈보다도 젊은 느낌도 들었다. 할머니라는 말 대신 어른이라고만 부르고 싶다. 그녀는 짧고 흰 머리에 하늘색 블라우스를 입고 있었다. 두 눈은 너무나 맑고 깨끗해서 마주 보는 동안은 50년 정도의 세월 차가 무색하게 친구처럼 느껴졌다.

그녀의 남편은 깔끔한 정장을 입고 있었다. 과묵해 보였지만 종종 유머 감각을 발휘해 우리를 웃게 했다. 보더콜리 강아지인 오스카가 매번 그가 손에 든 접시 속 음식을 노리며 다가갔지만 그는 허허 웃으며 곤란해할 뿐이었고 나와 알렉스, 로즈와 폴이 동시에 "오스카! Stop (그만해)!"하고 꾸짖곤 했다. 어른들은 빵 터지며 웃었다.

나는 그 어른들과 대화하며 마음이 급속도로 편해지는 걸 느꼈다. 그녀는 내게 "이번 주는 방학이라 쉬겠구나?"하고 예정을 물었고 나는 "네, 그래서 수요일에 런던에 가요."라고 대답했다. 그녀는 "Oh, London, I love London (런던, 나 너무 좋아하잖아)."하고 남편을 툭툭 쳤다. 남편은 "이 사람은 쇼핑하러 가는 걸 좋아해, 런던에."하고 난처하다는 듯 웃었다.

그녀는 자신이 런던에 가면 하루종일 여기저기 쇼핑하고 돌아와 기차역에서 남편의 차를 타고 돌아오던 일상을 이야기해주었다. 그리고는 "지금은 너무 나이가 들어서 자주 안 가게 되지만, 여전히 좋아. 그래, 너는 런던에서 어디로 가니?"하고 묻자 나는 "소호요."라고 답했다. 그녀는 충분히 이해한다는 듯 "소호, 너무 좋지."하고 잠시 회상에 잠긴 듯했다. 이런 상황과 대화는 즐겁고 흥미로웠다.

　잠깐 자리를 비웠던 로즈가 테이블로 돌아와 무슨 얘기를 하나 귀를 세우자 그녀는 로즈에게 "런던에 관해 이야기하고 있었어. 너도 런던 좋아하니?"하고 물었다. 로즈는 급히 찡그린 표정을 지으며 "으, 난 런던 좀 별로야. 사람이 많고 복잡해서." 그러자 그녀는 또 이해한다는 표정을 지으며 알렉스에게도 물었다. "넌 어떠니?" 알렉스는 "저도 런던이 복잡한 건 싫은데 그래도 윤정이랑 자주 가게 되면서 좀 좋아하게 되기도 했어요."하고 중립적인 견해를 밝혔다.

　나는 런던을 정말 좋아하는 사람으로서, 런던에 대한 부정적인 이야기(주로 사람이 많고 복잡하다는 것인데 이것은 사실 도쿄나 한국의 대도시에서 살다 온 나로선 사람이 많은 것이 그리 힘들지 않아 이해가 어렵다)를 주변에서 줄곧 듣다가 이렇게 런던을 좋아하는 옆집 어른을 만나니 기분이 참 좋았다. 그녀의 남편 역시 런던을 좋아하지 않는 쪽이었기에 바비큐 테이블에는 나와 그녀만 런던을 사랑하는 사람이었다. 그래도 한 명이나마 내 마음을 이해해주는 사람을 만나 조금 다행이었다. 속으로 '휴, 나만 런던에 빠진 게 아니었구나.'하고

안도의 한숨을 내쉬었다.

그녀는 또 내게 하는 일은 즐거운지 물었다. 그녀는 아마 내가 한국어를 가르치는 일을 하고 있다고만 알고 있을 것이다. 나는 괜히 자랑하고 싶은 마음에 책을 출간한 일을 넌지시 밝혔다. 영국의 문화와 여행에 관한 에세이를 썼다고 말하자 그녀는 무척이나 놀란 듯 보였다. 그러자 폴이 벌떡 일어나 잠깐 자리를 비우더니 금세 내 책을 들고 와 그녀에게 보여주었다. 그녀는 한 장 한 장 넘기며 한글은 이해하지 못하는 대신 책 속의 흑백 사진을 보며 감상에 젖었다.

"와, 여긴 어디야?" "거긴 옥스퍼드예요." 그녀는 "옥스퍼드 너무 좋지."하고 즐거워했다. "여긴 데번인가?" 가리킨 해변은 콘월이었다. 그녀는 "콘월도 너무 좋지, 이번에 콘월에 가려고 하는데." 그리고 대화는 콘월에 간 추억 이야기로 잠시 흘렀다. "카디프 성도 있어요." 책을 덮기 전에 찾아서 보여주자 그녀는 무척 즐거워하며 "카디프 성에 있는 다이닝 룸에서 시장이랑 식사를 한 적도 있었지, 우리?"하고 남편을 바라보며 웃었다. 남편은 웃으며 호응해주었다. 나는 놀라서 "그 뷰트 가문의 다이닝 룸에서요?"하고 소리쳤다. 어른들은 고개를 끄덕이며 웃었다. 순식간에 대단한 사람처럼 보이기 시작했다. 어쩐지 여유로운 표정과 태도가 남다르더라니, 대체 어떤 사람들일까? 나는 이분들의 직업은 물론이고 아는 것이 아무것도 없었다. 하지만 묻는 게 실례일 것 같아 바비큐 파티 내내 궁금증을 지우려 노력했다.

내가 살았던 웨일즈는 영국의 네 국가 중 하나이다. 웨일즈의 수도이자 중심 도시는 카디프이고 큰 규모의 재산을 축적했던 뷰트 가문은 카디프에 살던 옛 영국 귀족으로, 카디프 성을 소유했던 사람들이다. 그들은 후에 재산의 일부인 성과 저택 그리고 공원 등을 기부했으며 덕분에 우리는 소정의 티켓값을 내면 저택 안을 구경할 수 있다.

저택 안에는 식사를 할 수 있는 공간, 예배당이나 침실, 욕실 등이 있는데 과거 영국 귀족의 생활 공간을 그대로 보존해 두었기에 방문할 당시 그걸 보는 것은 큰 즐거움이었다. 콘월에 있는 '세인트 마이클스 마운트'라는 섬 위의 성에서도 마찬가지로 저택 안을 박물관처럼 보존해 놓아서 구경하는 재미가 쏠쏠하다.

영국은 비교적 사치하지 않는 분위기가 있다고 한다. 귀족들의 저택 역시 화려하고 아름다운 장식이 많았지만 아주 호화롭거나 사치스럽다고 느껴지지는 않았다. 오히려 딱 적당한 느낌이 들었다. 과하지 않은 아름다움이었다.

그런 카디프 성의 다이닝 룸에서 식사를 했다니, 부럽고도 신기한 생각이 들어 바비큐 파티가 끝나고 어른들과 작별 인사를 한 후 집에 돌아와 알렉스에게 넌지시 물었다.

"저 이웃은 뭐 하시던 분들이야?"

아마도 지금은 은퇴했을 거라 짐작하며 과거형으로 물었다. 알렉스도 모른다고 답하며 멀리 있던 로즈에게 같은 질문을 던졌다. 로즈는 "남편분은 알루미늄을 디자인하셨어." 라고 답했다. "알루미늄?" 혼란해하는 나를 보고 로즈는 포일을 가져와 보이며 "이런 게 알루미늄인데, 요런 걸로 이것저것 만들 수 있도록 도안을 그리는 일을 하셨대." 여전히 알쏭달쏭한 직업이라고 느꼈지만 '디자인'과 '그림'이라는 말에 꽂힌 나는 "와, 저도 그림을 좋아하는데 언제 한 번 그림 그리는 걸 가르쳐달라고 해야겠어요."하고 농담을 했다.

옆집 어른들이 집으로 돌아가기 전에 나와 알렉스에게 했던 질문이 있다. "윤정이는 한국으로 돌아가는 게 9월이라고 했지? 참 아쉽구나. 그 전에 또 보자. 돌아간 이후에는 다신 안 오는 거니? 아니면 영국으로 다시 돌아올 계획이 있는 거니? 그래, 알렉스가 한국으로 갈 생각은 없는 거니?" 역시 어른들은 계획에 관해 묻거나 미리 아는 걸 좋아하는 것 같다.

나는 영국에 돌아올 방법이 당장은 없어서 우선 한국에서 할 수 있는 걸 하려 한다고 답했고 알렉스도 잘은 모르지만 언젠가 한국에 갈지도 모른다고 말했다. 어른들은 즐거워 보였다. 젊은이들이 세계를 돌아다니는 모습이 좋아 보였는지도 모른다. 우리는 우리가 젊다고 느끼지 않지만, 예순 살 넘은 어르신들이 보기에는 우리는 한참이나 어린 사람인 것이다.

파티가 끝난 후 나는 계속 알렉스에게 "바비큐 파티 정말 재미있었어." 혹은 "옆집 분들 정말 좋으신 분들인 거 같아." 라며 칭찬과 감상을 되풀이했다. 나와 반대 성향인 알렉스는 "그랬어?"하고 시큰둥한 태도를 보였다.

다양한 사람들을 만나고 싶다. 코로나의 악몽이 끝나가는 시기, 사람들과의 파티와 재회, 시끌벅적한 만남이 그리워진다. 우리는 서로에 대해 완벽히 이해할 수 없지만 그래서 더욱 친구가 될 수 있는지도 모른다. 알지 못하는 부분은 궁금증으로 채우고 빛나는 부분은 존경하며 서로를 긍정한다.

여름을 준비하는 봄의 끝자락, 붉은 장미가 화단에 피어난다.

'What's in a name? That which we call a rose
by any other name would smell as sweet.'
이름이 무슨 소용인가. 우리가 장미를 무엇으로 부르던
장미는 변함없이 향기로울 텐데.

– 윌리엄 셰익스피어 –

런던에서 만난 반가운 한국 사람들

유월의 첫날 아침, 일어나서 서둘러 나갈 채비를 했다. 수요일은 영국 학교에서 방과 후 교실로 한국어를 가르치는 날이라 바쁘지만, 그 주는 하프텀(Half term)이라고 하는 일주일간의 방학이었다. 평일에 놀 기회를 놓칠 수 없었다.

몇 주 전부터 이 주에 어디든 가려고 고민하던 중, 런던에 있는 주영한국대사관에서 영국 생활에 관한 강연과 행사를 한다는 공지사항을 보았다. 선착순으로 신청받는다고 하기에 바로 신청 메일을 보냈다. 참가 자격으로 '영국에 있는 대학생과 워홀러(워킹 홀리데이 비자로 체류하는 사람)'라는 문장을 볼 때만 해도, 행사에 참가하는 사람들 대부분 대학생일 줄은 상상도 못 한 채 참가 확정 메일을 받았다.

행사는 저녁 다섯 시부터였다. 일찍 런던에 가서 낮 동안

한가하게 거리를 돌아다닐까 생각하던 중, 인스타그램에서 작가 활동을 하는 런던의 대학원생 M으로부터 연락이 왔다.

영국의 하프텀에 대해 언급한 나의 인스타그램 게시글에 그녀가 이해한다는 듯 반응해 주었다. 그녀는 중학생 시절부터 대학원을 마치기까지 줄곧 영국에서 살았다. 나는 '수요일에 런던에 갈까 하는데 시간 있으면 만날까요?'하고 제안했다. 그녀는 반갑게 승낙해주었다. 지난 오월 초, 런던에 사는 다른 작가님들과 다 같이 만난 이후 한 달만의 재회였다. 열정 어린 ENFP(라는 외향적, 즉흥적 성격)인 나는 성향은 비록 정반대지만 다정하고 멋진 M과의 만남을 고대하고 있었다.

내가 영국에서 살던 곳은 웨일즈의 수도인 카디프 근처로 기차를 타고 한 시간 사십 분 정도면 잉글랜드의 수도인 런던으로 쉽게 갈 수 있다. 런던으로 들어가는 입구는 늘 패딩턴 역이다. 최근에는 엘리자베스 여왕의 70주년 기념 (주빌리) 이벤트로 '엘리자베스 라인'이라는 보라색의 지하철 노선도 새로 생겼다. 이 노선을 이용하면 히스로 공항에서 런던 패딩턴 역까지 쉽게 올 수 있다. 나는 공항으로 갈 일은 없었기에 보라색 지하철역을 밖에서만 구경했다. 패딩턴 역은 항상 사람이 많고 복잡하지만 도시에서 태어나 자란 나는 북적이는 공간에 익숙하다.

사람과 짐가방 등을 요리조리 피해 목적지를 향해 걸어간다. 되도록 고개를 들거나 순진한 얼굴을 보이지 않도록 유의한다. 런던에서는 쉽게 말 거는 사람을 본 적이 별로 없지만, 한국에서는 '안녕하세요'하고 말을 거는 사람의 경우 십중팔구 사이비 종교라든지 다른 목적이 있어서 보통 대꾸도 하지 않고 지나치려 한다. 도쿄에 살 때도 마찬가지였다. 알렉스와 우에노 공원에서 산책을 하던 중 한 일본인이 정겹고 따스한 웃음을 지으며 '곤니치와'하고 말을 건 적이 있었다. 경계하던 나는 바로 고개만 끄덕이고 지나쳤지만 착한 알렉스는 홍보 전단을 한 움큼 받고 이야기를 한참 들은 후에야 그 자리를 빠져나올 수 있었다.

어디론가 바쁘게 향하는 수많은 사람을 지나 계단을 내려가 지하철을 탔다. 점심을 함께할 M과 사우스 켄싱턴에서 1시에 만날 약속을 했기에 '서클라인'이라는 노선을 타고 사우스 켄싱턴 역으로 갔다. 도착하니 12시 20분이었다. 시간이 남아 근처를 구경하며 걸었다. 켄싱턴은 런던에서도 살기 좋은 동네로 유명하다. 치안이 좋은 데다 전통적인 건물과 넓은 도로가 아름답게 펼쳐져 있다. 그만큼 집값도 비싸다. 살아 보고 싶었지만 집을 구하다가 엄두가 나지 않아 포기한 적이 있다. 수입이 불안정한 프리랜서 강사이자 작가인 내 처지에서 높은 금액의 월세는 선택하기 어려웠다.

영국을 포함한 대부분 나라는 집을 구할 때 보통 월세를 내거나 아예 사야 한다. 한국에는 전 세계에서 유일하게 전세 제도가 있어 보증금을 내면 상대적으로 싼 가격에 월세를 내거나 월세 없이도 살 수 있다. 하지만 도쿄에서도 그렇고 런던도 마찬가지로 전세 제도가 없으니 매달 집세로 꽤 큰 금액을 내야 한다. 당장은 살지 못하기에 놀러 오는 동안 켄싱턴을 최대한 즐기기로 했다.

켄싱턴 역 주변을 걷다 보니 점점 해가 구름을 벗어나 눈부시게 빛나기 시작했다. 카페와 식당의 야외 테이블에 앉아 한낮의 여유를 즐기는 사람들이 보였다. 전통적 양식의 예쁜 건물이 많아 궁금한 마음에 구글 지도를 열어보았다. 모두 박물관 혹은 도서관이었다. 한쪽에는 자연사 박물관과 과학 박물관이 있었고 맞은 편 붉은 벽돌로 지어진 커다란 건물은 빅토리아 앤드 알버트 뮤지엄(Victoria and Albert Museum)이었다. 한 번 들어가 볼까 생각했지만, 혹시라도 약속 시간에 늦을까 걱정되어 아쉬운 마음을 안고 발걸음을 돌렸다. (식사 후에 예상치 못하게 그녀와 함께 가게 된 건 행운이었다)

M과 만나기로 한 약속 장소는 '도조(Dozo)'라는 일식집이었다. 줄이 길어 일찍 도착하길 다행이었다. 약속 시간보다 20분이나 먼저 갔지만 M도 1분도 채 안 돼 왔다. 그녀는 "먼저 와서 줄 서 있으려고 했는데 벌써 오셨다니!"라고 말하며 아쉽고도 미안한 듯한 표정을 지었다. 나는 아니라고, 괜찮다고 손사래를 쳤다.

약속 시간에 미리 도착하는 편이 아니던 나는 알렉스와의 만남으로 지각하는 버릇을 고치게 되었다. 알렉스는 도쿄에 있는 기숙사에 살 때도 '기숙사 로비에서 3시에 만나자'라고 약속하면 2시 50분부터 나와 있는 사람이었다. 늘 약속 시간보다 미리 도착해 있는 그를 나는 늘 기다리게 했다. 약속 시간보다 항상 10분 정도 늦던 나는 언젠가부터 그가 내가 늘 늦게 오는 걸 알면서도 버릇처럼 일찍 도착하고 있다는 사실을 알게 되었다.

그즈음 약속 시간에 늦는 나쁜 습관을 고쳤다. 상대를 기다리게 하는 게 싫었고 미리 약속 장소에 있는 게 안심이 됐다. 한국의 친구들은 내가 늦게 올 걸 감안하고 아슬아슬하게 오거나 조금 늦게 오곤 했는데 내가 일본에 다녀온 후부터는 지각은커녕 미리 와서 기다리고 있으니 놀라워했다. 누군가를 기다리는 즐거움을 알게 된 것이다.

황지우 시인의 〈너를 기다리는 동안〉이라는 시에서도 말하지 않았나. 이 시를 읽어보면 상대방을 기다리는 사람의 마음을 알 수 있다. 누군가 들어올 거라 믿고 기다리는 사람의 마음은 기대와 설렘으로 가득 찬다. 그런 기다림의 마음을 느낄 수 있게 해준 알렉스에게 문득 고마움을 느낀다. 늘늦던 나를 얼마나 기다렸을까. 그런데도 한 번도 늦었다고 화내거나 토라지지 않았다. 약간의 비아냥, 이를테면 '당연히 너니까 늦게 올 줄 알았지~'하는 정도의 농담은 했지만, 그마저도 이해심으로 느껴져 당시에는 감동이었다.

줄이 생각보다 금방 줄어들어 우리는 일식집 한쪽에 자리를 잡았다. 카츠동(돈가스 덮밥)과 사시미(생선회)를 주문한 후 기다리는 동안 안부 인사도 나누고, 음식이 나온 후에도 천천히 이야기를 이어갔다. 영어라는 언어와 미국식 악센트, 영국식 악센트에 대한 경험 어린 대화를 나누기도 했다. 내가 쓴 〈500일의 영국〉에서도 언급한 영국식 영어 억양 이야기에 M은 크게 공감해주었다. 런던에서 8년이나 살고있는 그녀가 내가 책에서 이야기한 영국 사람과 문화에 대한 묘사를 인정해주고 공감해주어 더욱 마음이 뿌듯했고 한편으로는 안도했다. 나만 그렇게 느끼는 게 아니었군, 하는 그런 안심.

그녀의 친구 중에는 영국인 친구도 많지만 다른 국적의 친구도 많아서 다양한 억양을 접하는 모양이다. 대화하다 보면 어느 순간 영국 학교의 선생님으로부터 배운 영국식 영어 억양에서 때론 미국식 영어 억양(혹은 다른 나라 영어 억양)을 쓰는 자신을 발견하기도 한단다. 신기했다. 그런 것은 타인이 발견해주기 전에는 눈치채지 못할 때가 많다. 알렉스도 어린 시절부터 가던 단골 미용실이 있는데, 하루는 미용사가 '오늘따라 미국 악센트가 있네? 미국에 갔다 왔어?'하고 물었단다. 알렉스는 큰 충격을 받았다며, 나와 대화하는 동안 서로 옮은(?) 게 아닌가 추측했다.

나는 내가 어떤 악센트를 가졌는지 잘 모른다. 아마도 한국식이겠지만, 약간의 영국과 미국식 악센트가 섞여 있지 않을까 싶다. 미국 사람하고 대화할 때는 미국 억양을 쓰려고 하고 영국 사람한테는 영국스럽게 말하려는 경향은 있다. 그리고 유럽 사람들에게는 영국식으로 말하려고 하고 한국 사람들에게는 때에 따라 다르지만 보통 단어만 말할 때는 한국어 발음기호에 맞게 영어를 쓰곤 한다. 예를 들어 '사우스 켄싱턴'이라는 장소의 이름도 굳이 [사우th]라고 하지 않고 [사우스]라고 말하는 것이다.

해외에 있는 한국인들이 공감할 만한 이야기를 최근에 들었다. 영어로 말하기가 물론 어렵지만 유럽이나 미국 사람들에게 말하는 건 그나마 낫다고, 제일 어려운 건 한국 사람들 앞에서 영어로 말하는 상황이라는 이야기다. 무척 공감했다. 어쩐지 그런 상황이 제일 낯부끄럽고 더 긴장된다. 놀림당할까 두려운 걸까? 유아 때부터 외국어에 자연스럽게 노출되는 환경이 아니면 완벽하게 외국어를 습득하기는 힘들다. 하지만 판단하고 판단 받는 상황에 자주 놓이다 보면 그런 고민을 하게 되는 것 같다.

M의 영어는 훌륭했다. 물론 영국에서 중학교부터 대학원까지 다닌 데다 여러 논문과 에세이를 써왔으니 영어에 대한 고민은 없을 법도 한데 그녀도 친구들과 영어로 말할 때 자주 문법을 틀린다고 말해서 깜짝 놀랐다. 그래도 문법을 틀릴까 봐 말을 아끼는 것보다 적극적으로 말하고 틀리더라도 자기표현을 자주 할 수 있는 게 좋다고 생각한다.

나도 개인적으로 자주 틀리는 영어 표현들이 있는데 도무지 고쳐지지 않는다. 바로 어디가 아플 때 쓰는 'hurt'이다. 머리가 아파, 라고 하고 싶을 때 "My head hurts."면 되는 것을 굳이 "My head is hurt."라고 사용하곤 한다. 틀린 말이고 부끄러운 이야기인데 그럴 때마다 내뱉고 나서 깨닫고는 바로 수습한다. 한국어에서 '아프다'가 형용사여서 하게 되는 실수다. 그래도 틀릴 것을 걱정해서 아픈 것도 이야기 못하는 것보다는 엉망이더라도 이야기하는 것이 좋다고 본다. 언어는 용기 있는 사람만이 배울 수 있는 기술이다. 자전거를 처음 배울 때 넘어지는 것이 필수이듯 언어도 마찬가지다. 넘어지면서 배우는 게 많다.

식사 후 켄싱턴 거리를 걷다가 빅토리아 앤드 알버트 뮤지엄에 입장해 구경하게 되었다. 이곳은 영국 국립 박물관 중 하나로 세계 최고의 아트 디자인 박물관으로 유명하다. 런던의 박물관과 미술관들은 보통 입장료가 무료라 부담 없이 즐길 수 있다.

M은 붉은 벽돌 건물을 가리키며, 빅토리아 앤드 알버트 뮤지엄이라는 이름이 빅토리아 여왕과 그녀의 남편인 알버트의 이름에서 따온 것이란 걸 알려주었다. 빅토리아 여왕은

굉장한 사랑꾼이었다고 한다. 남편을 추모하는 알버트 기념비(The Albert Memorial)와 남편의 생전에 건립된 거대한 음악 공연장인 로열 알버트 홀(Royal Albert Hall)만 보아도 알 수 있다. 켄싱턴은 빅토리아 앤드 알버트 뮤지엄과 런던 자연사 박물관, 과학 박물관, 로열 알버트 홀 같은 박물관과 공연장이 많이 있어 문화와 예술을 즐길 수 있는 인프라가 잘 형성된 지역이다.

빅토리아 앤드 알버트 뮤지엄에 입장해서 그리스·로마 신화에 나오는 주인공들의 대리석 조각상을 관상했다. '판도라의 상자(Pandora's box)' 조각상도 있었고 아르테미스 조각상도 있었다. 시간이 없어서 한국관을 위주로 구경하기로 하고 'Korea'를 찾아 돌아다녔다. 찾아 다니는 길에 중국과 일본의 유물들도 볼 수 있었다. 한국관은 일본관이나 중국관에 비해 규모가 작았다. 도자기와 접시, 의복과 병풍 등이 전시되어 있었다. 한국의 전통 혼례 사진도 인상적이었다.

박물관을 나와 M이 다니는 '임페리얼 칼리지 런던'을 잠깐 구경했다. 임페리얼 칼리지 런던은 공립 이공계 종합대학교로 2019년 유럽대학 순위에서 옥스퍼드대와 케임브리지대에 이어 유럽 및 영국에서 3위를 기록할 정도의 명문 대학이

다. 학교는 하이드 파크 근처였는데 수업을 듣다가 바로 산책하러, 또는 다람쥐를 만나러 언제든 푸른 숲속으로 들어갈 수 있다고 했다. 그녀는 그것이 대학의 유일한 장점이라고 겸손히 말하며 웃었다.

대학 탐방을 마치고는 산책하러 하이드 파크에 갔다. 런던 중심부에 있는 공원인 하이드 파크는 무척 넓어서 아무 생각 없이 들어가면 길을 잃기 쉽다. 켄싱턴 가든 부분을 제외하고도 경복궁의 30배가 넘는 규모. 그녀가 늘 가는 산책로를 따라 들어가니 다람쥐와 비둘기가 나타났다.

보통 다람쥐에게 먹이로 아몬드를 준다고 하는 M은 오늘은 아몬드를 가져오지 않아 아쉬워했다. 다람쥐는 산책로에 들어온 우리에게 달려와 "먹이는?"하고 묻듯이 고개를 들고 상체를 일으킨 채 손을 공룡처럼 들었다. 우리는 "미안해, 줄게 없어."하고 말하면서도 가까이 다가갔지만 다람쥐는 "뭐야, 먹이가 없어? 그럼 됐어."라는 듯 쌩하고 뒤돌아 달려갔다. 오히려 회색 비둘기들이 우리를 감싸고 모여들어 무서운 마음에 손을 휘저으며 간신히 빠져나왔다.

하이드 파크에서 비둘기와의 사투(?)를 거친 우리는 카페를 찾아갔다. 가는 길이 예뻤다. 런던의 거의 모든 길이 그렇지만, 붉은 벽돌이거나 하얗고 두꺼운 벽에 꽃과 창문이 많은 유럽풍 담벼락과 집들이 보였다. 그녀는 우리가 걷던 그 길이 자신이 늘 가는 경로임을 알려주었다.

"제가 항상 가는 카페예요. 코로나로 줌수업을 해서 요즘은 대학에서 수업을 듣지는 않지만, 밥을 먹고 학교에 갔다가 도서관에서 공부하고 여기 하이드 파크에 와서 쉬다가 다람쥐도 보고 그러고 나서 저 카페에 가서 커피를 마셔요."

해맑고 순수하게 말하는 그녀에게 나는 장난치듯 말했다.

"저한테 가장 소중한 단골 카페를 알려주면 어떡해요. 제가 런던 올 때마다 찾아갈지도 모르는데."

그녀는 "그럼 저는 좋죠."라고 맞받아쳐 주었다. 참 다정한 사람이다. 내 짓궂은 장난에 어떤 사람은 "그러게요, 제 단골 카페는 오지 마세요, 저만의 프라이빗한 곳이니." 하고 말 할 수도 있었을 텐데. 고마운 마음이 들었다.

카페에 들어가 커피를 주문하고 자리에 앉아 본격적인 일(?)을 시작했다. 바로 스위치(라는 닌텐도 게임기)를 꺼내 '동물의 숲' 게임을 열어 서로의 섬을 구경하는 일이었다. 그렇다. M과 내가 아는 사이가 된 계기가 바로 이 게임이었다.

지난겨울, 그녀는 인스타그램 스토리에 동물의 숲이라는

게임을 하는 사진을 올렸고 나는 반가운 마음에 답장을 했다. 그녀가 섬으로 나를 초대해서 놀러 가게 되었고 그날 이후 혼자만 즐기던 게임에 더 큰 애정이 생겼다.

햇빛이 강하게 내리비치는 카페에서 커피를 마시며 동물의 숲 게임을 했다. 그렇게 한참을 하다가 시계를 보니 어느덧 4시 40분이었다. 대사관에서 하는 강연에 참여하기 위해서는 최소한 4시 50분에는 자리에서 일어나야 했다. 헤어짐이 아쉬워 남은 10분 동안 그녀와 나의 캐릭터를 아이패드로 그렸다. 그림을 좋아하는 우리는 그렇게 노는 것이 즐거웠다. 시간이 더 있었으면 좋았을 텐데, 아쉬워하며 함께 역으로 향했다. 다음 만남을 기약하며 역에서 인사하고 헤어졌다.

주영한국대사관은 세인트 제임시스 파크(St. James's Park)역 근처에 있었다. 역에 내려 곧장 오 분 동안 빠르게 걸어가다 보니 태극기가 보였다. 태극기가 펄럭이는 건물 안에 들어가 발열 체크를 하고 마스크를 쓴 후 엘리베이터를 타고 7층으로 이동했다. 들어간 곳에서 담당자는 내게 명찰을 주었다.

명찰에는 '김윤정, 한국어 강사, 영국 생활, 비자'라는 키워

드가 간단히 적혀 있었다. 김윤정은 내 이름이고 한국어 강
사는 내 직업이다. '영국 생활과 비자'는 웹사이트의 신청 페
이지에서 관심 있는 분야를 선택하라기에 클릭한 것들인데
내 명찰 안에 새겨놓았을 줄이야. 민망해서 강연 내내 명찰
을 걸지 않았다. 하지만 강연이 끝난 후에는 사람들과 인사
할 때 편하도록 상의 왼쪽 주머니 쪽에 집게를 집어 걸었다.

영국 생활에 대한 정보를 주는 강연으로 '옥세'라고 하는
영국에 있는 한국인 대학생들의 연합회 회원들이 진행했다.
첫 번째 주제는 숙소였다. 기숙사, 룸쉐어(Room share 월세
를 나눠 내고 거실, 주방과 화장실 등을 공유하는 거주 형태),
플랫(flat 한국의 아파트, 오피스텔과 비슷한 공동 주택) 등의
정보들을 전했다. 개인적인 경험을 이야기한 것이 재미있었
다.

두 번째는 대학원 석사 지원에 관한 이야기를 했고 세 번
째 주제는 여행이었다. 바스와 브리스톨, 에든버러와 콘월,
브라이튼에 대해 간단히 설명해주었는데 브라이튼을 제외
하면 모두 가본 곳이었다. 심지어 〈500일의 영국〉이라는
내 책에 소개한 곳들이 대부분이었다.

브리스톨에 관해 이야기할 때는 'SS그레이트 브리튼'이라

는 영국에서 가장 존경받는 엔지니어 이삼바드 킹덤 브루넬 (Isambard Kingdom Brunel)이 디자인한 초대형 호화 증기기관선을 언급하지 않은 것이 아쉬웠다. 현재 박물관으로 사용되고 있는데 대표적인 브리스톨 관광지다. 또한 카디프가 빠진 것도 아쉬웠다. 웨일즈에 정이 깊게 생겨버린 나는 카디프를 주요 여행지에서 뺀 것에 살짝 뾰로통해졌다.

마지막 주제는 숨은 런던 맛집이었다. 이 분야는 나도 궁금했기에 나오는 음식점들을 모두 메모해 두었다. 어떤 학생들은 카메라로 슬라이드 화면의 사진을 찍기도 했다. 웨더스푼(Wetherspoon)이라는 영국의 값싼 펍도 소개해줘서 반갑고 재미있었다. 웨더스푼은 알렉스와 내가 가끔 부담 없이 가서 기차를 기다리며 맥주를 마시는 곳이다. 신분증을 깜빡 잊고 안 가져간 날은 어쩔 수 없이 맥주 대신 콜라를 마신다.

펍에서는 카레나 치킨, 또는 잉글리시 브랙퍼스트(달걀, 베이컨, 소시지, 블랙 푸딩, 버섯, 토마토 등 다양한 요리로 구성되는 전통적인 영국식 아침 식사) 같은 거창한 식사도 할 수 있는데 싼 가격을 생각하면 퀄리티는 그리 나쁘지 않다.

강연 후에는 네트워킹 시간이라는, 식사와 함께 참여자들이 대화하는 시간을 가졌다. 김밥과 탕수육 등이 준비되어 있어 먹지 않고 그냥 가기 힘들었다. 하지만 행사에 혼자 온 사람은 나뿐인 것 같았다. 혼자서 밥 먹는 것은 싫지 않지만, 강연장에 모두가 삼삼오오 모여 먹는데 나 혼자만 외톨이처럼 밥을 먹으려니 약간 얼굴이 붉어지는 듯했다.

옆자리에 앉아서 작은 목소리로 '맛있다'라고 이야기하는 두 남학생에게 용기 내 말을 걸었다. "안녕하세요!" 그러자 그들도 환영하는 말투로 인사를 받아주었다. 학생인지, 지금은 무얼 하는지 간단한 대화를 나누다 보니 내내 대화를 주고받게 되었다. 낯선 사람에게 나를 소개하는 게 오랜만이라 긴장도 되고 재미도 있었다. 두 학생은 모두 런던에 사는 공대생이었다. 그중 한 명이 "밥을 준다길래 저녁 먹으러 왔다."라고 말하는 바람에 웃음이 빵 터지기도 했다.

기차 시간을 찾아보니 서둘러 나가야 할 때가 되었다. 심지어 핸드폰 배터리도 얼마 남지 않았기에 서둘러 정리하고 작별 인사를 했다. "오늘 인사 잘 받아줘서 고마워요. 덕분에 혼자 먹지 않을 수 있었어요." 둘은 "아니에요. 저희야말로. 네, 잘 들어가세요."하고 공손히 인사해주었다. 나오는 길에는 대사관 직원분이 1층까지 배웅해주었다. "앞으로도 대사관에서 하는 행사들에 자주 찾아와 주세요." 하며 웃는 얼굴로 말해주시는 덕분에 환영받는 기분이 들어 감사했다.

집으로 돌아가는 기차 안에서 이 글의 초안을 마무리했다. 손목이 아파지는 게 느껴졌다. 이동 중에 원고를 쓰는 건 처음이었다. 작가 조앤 롤링도 <해리포터>의 초안과 아이디어를 맨체스터에서 런던 킹스크로스역으로 가는 연착된 기차 위에서 떠올렸다고 한다.

기차는 의자에 가만히 앉아 있어도 나를 새로운 세상으로 옮겨주는 고마운 존재다. 기차를 타고 이동하면서 할 수 있는 건 몇 가지 없다. 지루함을 떨치는 방법으로 책을 읽거나 글을 쓰는 정도가 나 같은 책벌레가 할 수 있는 일의 전부다.

영국 여왕 70주년 기념 가든 파티

 지난 수요일 하루종일 런던 시내를 걸었던 탓인가 온몸이 부서질 듯한 통증을 느끼며 아침잠에서 깼다. 목요일은 다시 일상으로 돌아가 아침부터 한국어 수업을 하고, 여유가 생길 때마다 글을 썼다. 런던의 기차역에서 기차를 기다리며 써놓은 원고를 보며 편집하기도 했다. 텔레비전에서는 영국 여왕인 엘리자베스 2세의 즉위 70주년을 기념하여 '플래티넘 주빌리(Platinum Jubilee)'라는 축하 행사가 나오고 있었다.

 주빌리는 보통 군주가 재위한 기간을 기념하는 말로 쓰인다. 25년은 실버 주빌리, 50년은 골든 주빌리, 60년은 다이아몬드 주빌리, 70년은 플래티넘 주빌리라고 한다. 영국 엘리자베스 2세 여왕은 1952년 즉위한 후 2022년까지 70년간 재위해서 영국에서 가장 오랫동안 통치한 군주로 최초의 플래티넘 주빌리를 기념했다. 축하 공연과 성대한 기념행사를 개최하는 동시에, 전투기 여러 대를 띄워 '70'이라는 글자를 그리는 모습도 화면에 비춰졌다.

알렉스네 집에서도 '플래티넘 주빌리'를 기념하여 이웃들과 애프터눈티를 함께 즐기는 가든파티를 하기로 했다. 지난 바비큐 파티에 이어 가든 파티라니, 낭만적이라고 생각하던 찰나 알렉스는 찡그린 표정을 지었다. 새로운 사람들을 만나 이야기하는 상황을 환영하는 나와는 정반대인 내향적인 성격의 그는 불평이 많았다. 사실, 단순히 그가 내향적이어서 파티가 싫은 것은 아니었다. (그것이 가장 큰 이유일지도 모르지만) 그는 자신이 '웨이터'가 되어야 할 상황이 뻔히 보인다고 했다.

그는 웨이터이기 전에 '조수'가 되어있었다. 목요일 하루종일 로즈는 완벽한 애프터눈티를 위해 베이킹을 했다. 빅토리아 스펀지케이크부터 시작해서 스콘과 웰시 케이크(Welsh cake 웨일즈의 전통 디저트) 그리고 초콜릿 칩 쿠키까지 직접 만들었다. 그 긴 과정을 알렉스가 조수처럼 도와야 했던 것이다.

부엌에는 예쁜 찻잔이 수북이 쌓여 있었다. 알렉스는 찻잔

과 접시 세트를 모두 설거지하고 있었다. 때로는 로즈가 '버
터 10g 좀 계량해 줄래?'하고 부탁하면 알렉스는 조금은 구
시렁거리면서도 시키는 대로 했다. 그걸 보며 그가 참 훌륭
한 사람이라고 생각했다. 나는 한국에 있을 때 부모님이 시
키는 걸 제대로 한 기억이 별로 없다. 심부름을 시켜도 툴툴
거리고 동생에게 떠넘기기만 했던 것 같은데, 알렉스는 싫은
내색은 조금 비치더라도 시키는 일은 꼭 제대로 한다. 심지
어는 완벽하게 하려고까지 한다. 그런 면에서 존경스러운 마
음이 들었다.

완벽주의자이자 이타심과 책임감이 강한 알렉스는 내가
부탁한 일에도 높은 확률로 성공적인 결과를 낸다. 심지어는
부탁하지 않은 일에도 그는 상대를 위해 솔선수범하는 편이
다. 예를 들어 밤마다 그가 반드시 지키는 나이트 루틴 세 가
지가 있다. 첫 번째는 문을 확인하는 것이다. 영국 집은 한국
처럼 번호 키가 보편화되어 있지 않아 열쇠로 문을 잠근다.
게다가 한국의 보통 집들처럼 대문이 하나 있는 게 아니라
밖으로 통할 수 있는 문이 여러 개 있어서 모든 문을 잠가야
안심하고 잘 수 있다. 알렉스는 자신이 '경호원'이라며 그 역
할을 매일 밤 도맡아 한다. 누가 시킨 것도 아닌데 말이다.

두 번째는 고양이 키키의 화장실을 치우는 일이다. 고양이를 키워본 적이 없던 나는 고양이 화장실이 모래로 되어 있는 것을 여기서 처음 봤다. 고양이는 모래로 덮인 공간에 소변과 대변을 본다. 그러면 집사가 모래와 함께 용변을 치워 주는 것이다. 알렉스는 자기 전 화장실을 깨끗이 치우고 새 모래까지 부어준 후에야 임무를 완수한 표정으로 뿌듯하게 돌아온다.

그리고 마지막 세 번째 루틴은 물을 떠 오는 것이다. 본인의 물과 함께 내 몫의 물까지, 두 컵을 떠다 놓는다. 밤 열한 시쯤 내 방에서 일하거나 시간을 보낸 후 그의 방문을 열면 늘 같은 자리에 커다란 물컵이 있다. 물은 가득 차 있고 보통 '스쿼시'라고 하는 농축 음료를 넣어서 과일 맛이 난다. 영국에서는 수돗물을 그냥 마시기 때문에 수돗물 맛을 좋아하지 않는다면 그런 과일 맛이 나는 액체를 섞어 마시는 게 흔한 일인 듯하다.

나는 가끔은 'Thank you (고마워).'라는 말도 까먹고 꿀 꺽꿀꺽 물을 마신다. 그는 그런 나를 보고 장난스레 'You're welcome (고맙기는 뭘).'이라고 먼저 말한다. 그는 내가 물을 충분히 마시지 않아 수분이 부족하다며 염려하는 듯하다.

그런 그의 다정한 나이트 루틴과는 반대로 나의 루틴이라 고는 화장을 지우고 양치를 하는 등 나 자신을 위한 것뿐이 다. 다른 사람을 늘 생각하고 위해주는 그의 착한 마음은 늘 놀랍다.

목요일 하루종일 로즈의 베이킹을 도왔던 알렉스는 금요 일이 되자 그의 예상대로 웨이터가 되어 있었다. 먼저 손님 들이 오기 전 테이블을 준비하고 설치하는 등의 절차가 있었 을 것이다. 직접 보지는 못 했지만 금요일 아침 눈을 살짝 떴 을 때 그는 없었고 일 층에서는 부산스러운 소리가 났기에 그리 생각한다. 피곤했던 나는 다시 눈을 감고 잠을 청했다.

눈을 뜨니 거의 정오가 지나 있었다. 핸드폰으로 시간을 확인한 후 놀라서 일 층으로 내려가 부엌을 보니 여전히 준 비 중이었다. '뭘 도와야 하나' 생각하며 주변을 어슬렁거리 자 알렉스가 걱정하지 말고 쉬고 있으라고 다시 나를 올려보 냈다. 나는 고맙기도 하고 미안한 마음으로 다시 위층으로 올라가 샤워를 한 후 말끔한 옷으로 갈아입었다. 방에 앉아 책을 읽는데 알렉스가 문을 똑똑하고 두드렸다.

"이웃들은 네 시에 온대." 불평이 섞인 말투였다. 로즈와 내가 항상 알렉스를 보고 하는 말이 있다. 불평은 제일 많이 하지만 일은 확실하게 하는 착한 사람이라는 것이다. 가끔은 그가 너무 남을 돕기만 하고 자신을 돌보지 않는 것 같아 걱정되기도 한다.

방에 들어온 그가 쉴 수 있도록 우리는 의자에 앉아 잠시 잡담을 나누었다. 텔레비전에 컴퓨터를 연결해 일본 만화 영화인 〈원피스〉를 시청하기도 했다. 일본어를 영어로 번역하는 일이 그의 전공이자 직무가 될 것을 생각하면 일본어를 늘 접하는 것은 좋은 공부이자 연습이다. 나 또한 그런 변명을 덧붙이며 그저 만화를 좋아하는 사람(오타쿠)으로 일본 만화 영화를 보면서 일본어 공부라며 합리화하고 있었다.

스트레스받는 상황을 묵혀두기만 하면 나중에 더 힘들어진다. 스트레스가 닥칠 때는 바로 표현하고 싫은 건 싫다고 이야기하는 그의 직설적인 표현 방법(친한 친구 한정이지만) 덕분에 나도 그를 쉽게 이해할 수 있어 편리하다. 바로 달콤한 음식을 건네준다거나 재미있는 영상을 틀어준다거나 하는 방식으로 서로의 스트레스 지수를 낮추는 데 도움을 줄 수 있다.

부정적인 마음을 감추려고만 하고 서로에 대한 감정을 표현하는 일이 서툰 연인도 많은데 상대를 배려한다는 이유일지라도 장기적으로는 서로에게 도움이 되지 않는 듯하다.

올해 초 방영한 tvN드라마 〈스물다섯 스물하나〉에서도 여자 주인공 나희도가 남자 주인공 백이진에게 서로 부정적인 기분을 표현하지 않고 오랫동안 감추다가 훗날 재회했을 때 '우린 좋을 때만 사랑이야, 힘들 때는 짐이고'라는 이야기를 한다. 힘든 순간에 버팀목이 되어주기란 말처럼 쉽지 않다. 내 손가락이 아플 때는 큰일이지만 남의 배탈에는 흥미가 없는 사람처럼 변하기도 한다. 하지만 손가락이 아프든 배가 아프든 사랑하는 사람에게는 모두 큰일이다. 솔직하게 내 상황을 이야기하는 용기도 타인을 믿는 마음에서 비롯된다. 내 아픈 손가락을 부끄럼 없이 보여줄 수 있어 감사하다. 그의 피곤함과 스트레스도 기꺼이 보듬어줄 수 있는 포용력이 길러지는 이유다.

스트레스를 풀고 한껏 살아난 얼굴로 우리는 이웃들을 맞았다. 정원에는 여러 개의 테이블이 이어져 있었다. 총 일곱 명이 방문했는데 지난 바비큐 파티 때 만난 노부부도 오셔서 아는 얼굴이라 더욱 반가웠다. 또 다른 옆집에 사는 부부도 왔는데 이쪽도 국제 커플이었다. 남편은 영국 사람이었고 아내는 태국 출신이었다. 그녀는 자신이 태국에서 산 세월보다

영국에서 보낸 날들이 훨씬 길었다고 말했다. 그녀의 이름은 몬타였다. 몬타는 테이블에서 가장 말을 많이 한 사람 중 한 명이었다. 내게도 계속 말을 걸고 한국에 대해서도 물어봐 주었다.

몬타와 그의 남편은 사이가 무척 좋아 보였다. 로즈의 또래일 것이라 짐작했지만 나이는 묻지 않았다. 자녀에 관한 이야기가 오갔을 때 짐작은 확신이 되기도 했다. 또 다른 어른과도 인사를 나눴다. 그녀의 이름은 앤이었다. 앤은 나와 인사를 하며 눈을 계속 맞추고 깊은 관심을 보여주었다.

"일본에서 왔다고 했던가?"하고 물었을 때 나는 "한국에서 왔어요. 하지만 일본에도 2년 정도 살았어요."하고 그녀가 아예 틀리지는 않았음을 알려주었다. 그러자 옆에 있던 어른 (바비큐 파티 때 만난 어른)이 "이 친구 정말 똑똑해. 책도 썼다고." 하며 나에 대한 정보를 흘려주었다. 앤은 화들짝 놀랐고 분위기는 또 한 번 '영국 문화와 여행에 관해 책을 쓴 작가 윤정'에 대한 프레젠테이션으로 흘러갔다.

솔직히 말하면 순식간에 주목받는 것이 부끄럽기도 했지만 긍정적인 시선으로 바라봐 주었기에 즐겁기도 했다. 몬타와 그녀의 남편도 내 책을 보고 사진을 손가락으로 짚어 보이며 아는 곳이 나오면 반가워했다. 나보다도 로즈와 폴이 무척 신나 보였다. 오랫동안 그들의 자랑거리가 되지 않을까 싶다. 앤은 내게 "작가는 태어나서 처음 만나 봐. 정말 대단하구나."라고 말해주었다. 나는 쑥스러워서 그저 웃을 수밖에 없었다.

이렇게 빛나는 스포트라이트를 받게 된 내 옆에는 알렉스가 조용히 앉아 있었다. 어른들과 이웃들은 알렉스에게도 여러 번 질문을 던졌지만 그는 어색한 말투로 질문에 대해 간단한 답변만 할 뿐 더 대화를 이어 나갈 생각은 없어 보였다.

그에게도 좋은 소식이 하나 있었기에 내가 옆에서 거들어 주었다. "그 대학교에서 연락이 온 일 말씀드려 봐."라고 말하며 툭툭 치자 그가 "아, 그래, 그 제가 다니던 대학교에서 이제 석사 졸업을 하는데요, 거기에서 일본어 번역 세미나를 맡는 일을 도와달라고 연락이 와서 긍정적으로 보고 있어요." 하고 애매하고 겸손하게 이야기했다. 하도 겸손하게 이야기한 탓에 좋은 일인 게 맞는 건가 어리둥절해하는 앤을 보고 옆에서 듣다 못한 로즈가 이건 좋은 일이고 또 축하할 일이며, 그가 똑똑하고 성실한 학생이었음을 부연 설명해야 했다.

이웃들과 소란스럽게 인사를 나누던 중 로즈는 계속 사람들의 컵이 비어 있을 때마다 "Want some more to drink? Beer or wine? or tea? (뭣 좀 더 마실래? 맥주나 와인? 아니면 차?)" 하고 물었다. 사람들은 극구 사양하다가도 'tea(차)'라는 소리에는 고개를 끄덕였다. 로즈가 직접 구운 스콘과 쿠키는 인기가 많았다. 달고 맛있어 차와 함께 잘 어우러졌다. 이웃들이 가져온 샌드위치와 다른 음식들도 서서히 줄었다. 하지만 여전히 케이크와 디저트는 많이 남아있었다.

해가 쨍하게 비치는 오후였다. 영국 사람들이 날씨에 관한 이야기를 좋아한다는 건 익히 알려진 사실이지만, 이날 정말 실감했다. "What a lovely day (너무 좋은 날이야)."라는 말과 "비가 오지 않아서 정말 다행이야."라는 대화가 수십 번은 오갔다. 해가 잠시 구름에 가리어지면 너무 춥다고 오들오들 떨었고 다시 햇빛이 얼굴을 사정없이 때리는 순간에는 눈을 뜰 수도 없었다. 햇빛을 가장 많이 받는 자리에 앉아 있던 나는 자리를 여러 번 옮겨야 했다. 나중에는 선글라스도 가져와 착용했다. 영국 날씨는 절대 예측할 수가 없다. 비가 온다는 예보가 있었지만 파티 후에 무지개가 뜰 정도의 차분한 보슬비만 살짝 내렸을 뿐 날씨는 계속 좋았다.

오후 네 시부터 시작한 가든파티는 저녁 여덟 시까지 이어졌다. 알렉스와 나는 애초에 '인사만 하고 금방 나가자'라는 다짐을 하고 자리에 앉았건만 일곱 시까지 함께했으니 그 다짐대로 되지 못한 것이다. 그도 그럴 게 꽤 즐거운 자리였다.

사람들은 친절했고 이야기는 재미있었으며 음식은 맛있었다. 차가 식으면 다시 차를 끓여서 따라 마실 수 있었고 레드 와인, 맥주 등 맛있는 술도 많았다. 옆집 몬타의 남편은 흥이 올랐는지 "위스키, 집에 있는데 가져올까?"하고 물었고 정원에 모인 모두가 "가져오면 마시지."라는 소극적인 것 같으면서도 영국 사람치고는 꽤 적극적이고 긍정 어린 대답을 했다. 이날 자리에 앉아 있으면서 영국에 대해 많이 배우는 것 같다는 생각이 들었다.

그동안 같이 살던 로즈와 폴, 알렉스가 내가 가지는 영국 사람 이미지를 만들어 주었는데 그 이미지가 더 확장된 듯했다. 이야기를 들어보니 집마다 공통점이 많았는데 '선데이 런치'도 그 중 하나다. 영국 사람들은 일요일마다 선데이 런치라는 특별한 요리를 해 먹는 전통이 있다. 요즘은 이런 전통도 사라지거나 지키지 않는 가족도 많은 모양이다.

정원에 모인 사람들은 전통이 사라져가는 것에 대해 아쉬움을 토로하고 있었다. 물론 일요일마다 요리하는 것이 번거롭기는 하다. 선데이 런치의 감자나 콩, 요크셔푸딩 등은 완제품으로 사더라도 요리 위에 뿌려주는 '그레이비 소스'만큼은 절대 슈퍼마켓에서 산 제품으로 만족할 수 없고 직접 요리해야 한다는 몬타의 주장이 모두의 공감을 얻었다.

듣는 내내 입이 근질거리던 나는 적당한 타이밍을 보다가 한국의 음식 문화에 관해서도 이야기했다. 예를 들면 한국에서는 영국처럼 매주 먹는 특별한 메뉴는 없으나, 생일마다 먹는 음식이 있다. 바로 미역국(seaweed soup)이다. 정원에 모인 모두가 나를 바라보며 놀랐다. 폴이 거들어 새해마다 먹는 음식도 있지 않냐고 물었다. 떡국이다. 2021년 새해에 한 번 알렉스의 가족들을 위해 요리해주었으나 영국 사람들에게 떡이라는 음식의 식감이 낯선 듯해 올해에는 만들지 않았다.

폴이 기억하고 있기에 놀라 떡국에 관해서도 설명해주었다. 그러자 몬타가 한국 음식은 맵지 않냐고 물었다. 한차례 한국 음식에 관한 토론이 이어졌다. 누군가는 쌈 싸 먹는 영상을 어디선가 본 적이 있다고 하고 누군가는 매운 음식이 많다며 각자 어디선가 듣고 본 이야기를 꺼내놓았다.

나는 언젠가 모두에게 한국 음식을 해주고 싶다고 열정 어린 말투로 소리쳤고 로즈는 '자 우리 두 번째 가든파티가 정해졌네.' 하고 기뻐했다.

몬타는 '매운 음식은 안 돼'하고 울상을 지었다. '맵지 않게 요리할게요!'하고 당시에는 호언장담했으나 아쉽게도 귀국을 하기 전까지 이웃들에게 한국 음식을 대접해줄 기회는 오지 않았다. 내가 한국으로 돌아가기 전날 굿바이 파티(송별회)를 했지만 이웃들 각자의 사정으로 아쉽게도 참석하지 못했고 대신 선물과 카드만을 미리 보내주었다. 카드에는 '행운을 빌어요' 그리고 '그리울 거야'라는 메시지가 적혀 있었다. 선물로는 팔찌와 목걸이, 인형과 컵 받침 등을 받았다. 정말 상냥한 이웃들이었다.

한국에 관심이 있고 케이팝(K-pop)이나 한국 영화, 드라마를 적극적으로 수용하는 건 대부분 10대에서 20대 정도의 어린 사람들이다. 한국에서는 MZ세대라고 부르는데, 여기에선 젠지(제너레이션 지, Generation Z의 줄임말, 제트 세대라고도 부른다)라고 하는 젊은이들이 타문화에 관심도 많고 마음도 열려 있어 국적을 넘어선 팬이 되곤 한다. 나이대가 있을 때는 한국을 아직도 예전의 전쟁으로 힘들었던 나라의 이미지로 기억하고 있는 영국 사람도 가끔 있다고 한다.

인천 상륙작전 때 영국군이 유엔(UN)군과 함께 남한을 북한으로부터 지켜낸 것이 1950년, 불과 72년 전의 일이다. 영국 여왕이 즉위한 지 70주년이 된 것을 기념하고 있는 요즘을 보면 70년의 세월이 누군가에게는 길지만 어찌 보면 역사 속의 짧은 한순간인 것도 같다. 그동안 한국은 눈부시게 빠른 경제 성장을 했고 (부작용도 많았지만) 분위기가 크게 바뀌었지만, 지구 반대편에서는 핵무기로 말썽인 북한에 관한 관심과 경계가 상당하다. 한국(South Korea)의 이미지는 젊은 사람들이 아니고서는 북한(North Korea)의 이미지가 강하다.

최근 미국 백악관에 한국 케이팝 그룹인 BTS(방탄소년단)가 방문하여 연설하기도 하고 미국 대통령인 조 바이든을 만나기도 했다. 해외에 있는 동안 애국자가 된 기분이다. 한국 소식을 한국에 있을 때보다 더 관심 있게 챙겨 들으니 말이다. 가든파티에서도 만나는 사람마다 한국과 한국 음식, 문화에 관해 이야기했다. 영국에서는 엘리자베스 여왕의 플래티넘 주빌리 축하 행사가 목요일부터 시작해 일요일까지 나흘 동안 이어졌다. 마지막 날에는 가수 에드 시런(Ed

Sheeran)이 버킹엄 궁전 앞에 설치된 무대 위에서 공연을 하기도 했다. 여왕님도 잠깐 모습을 드러냈다. 온 나라가 축제 분위기이다.

로즈는 "한국에도 이런 식으로 나라 전체가 축하하는 이벤트가 있니?"하고 물었다. 순간 월드컵이 생각났다. 축구를 좋아하는 사람이 아니더라도 2002년 월드컵은 전설적인 축제로 남아있을 것이다. 모든 사람이 즐거워하고 뜨겁게 환호하는 분위기, 스포츠로 하나 되던 때였다. 영국 왕실의 존재 의미는 여러 가지가 있겠지만 국민의 화합을 돕는 힘의 원천이기도 할 것이다. 남녀 갈등에 종교 분쟁에 싸울 일이 너무나 많은 요즘, 흩어진 사람들을 하나로 모아 즐길 수 있도록 돕는, 큰 화합의 장이 마련되는 것이다.

코로나가 저물어가니 어느새 이런 커다란 축제도 즐길 수 있어 다행이다. 이웃과는 소박한 파티를 열고 궁전 앞에서는 공연을 하는 등 영국은 요즘 활기가 넘친다. 한국에서도 대학가를 비롯한 곳곳에서 여러 가수가 콘서트를 하는 모양이다. 앞으로도 그동안 잃어버렸던 일상을 빨리 회복하고 살아갈 힘을 이웃과 주변으로부터 얻을 수 있으면 좋겠다.

Part 2

웨일즈의
한국어 선생님

Korean teacher in Wales

영국에서 한국어를 가르칩니다

어린 시절, 집에 있는 책을 꺼내 읽는 걸 좋아했다. 그중에는 '뇌'에 관한 책도 있었는데 그 책은 어린이용인지는 몰라도 쉽고 재미있게 쓰여 있어서 머리맡에 두고 자주 읽었다.

책에는 '뇌는 생각보다 단순하다. 웃는 표정을 짓고 거울을 보면 실제로 행복하다고 믿는다'라는 내용이 있었다. 뇌가 그런 단순한 트릭에 속을 리가 없다고 생각하면서도 우울하거나 지칠 때마다 거울을 보며 웃는 얼굴을 나 자신에게 보여줬다. 웃는 얼굴은 때론 억지 미소였기 때문에 안쓰러워 보일 때도 있었다. 하지만 실제로 웃고 나면 기분이 달라지는 걸 느꼈다. 화가 머리끝까지 치밀 때도 기분을 다스리려 입가를 주욱 당겨 보았다. 거짓 웃음이면서도 화가 가라앉곤 했다.

사실 나의 웃는 얼굴을 좋아하지 않는다. 사진을 찍을 때도 웬만하면 무표정을 유지한다. 치아가 고르지도 않고 습관상 얼굴이 일그러지면서 웃기 때문이다. 웃음이 터지는 모습이 찍히면 혼자 간직하고 잘 보여주지 않는다. 예쁘게 웃는 연예인들을 보면 부러울 때가 많다. 세계적인 케이팝 스타인 블랙핑크의 제니도 전형적인 미인의 상은 아니라고 하지만 활짝 웃는 얼굴이나 다채롭게 짓는 표정들이 사랑스럽고 매력 있다.

나의 웃는 얼굴은 미인의 얼굴이라곤 할 수 없지만 주변을 기분 좋게 하는 힘이 있다고 생각한다. 누구에게나 이런 힘은 있다. 잔뜩 긴장한 날에 누군가 이를 드러내며 웃어준다면 나도 모르게 긴장이 풀리고 예민했던 마음이 너그러워진다. 웃는 얼굴에는 나 자신의 기분을 다스리는 효과뿐 아니라 상대의 마음을 위로하는 힘도 있다.

나는 작가와 강사라는 두 가지 직업을 가지고 있는데 가장 큰 수입은 한국어를 강의하는 일에서 나온다. 아직 인기 작가가 아닌지라, 인세보다 강의로 얻는 수입이 훨씬 크다. 대부분 작가들이 전업으로 글을 쓰기보다는 다른 일을 병행한다고 하는데 그 이유를 알 것 같다.

한국어 강의는 온라인 수업으로 진행한다. 인터넷이 발달한 현대 사회에, 집 근처에 한국어 수업을 하는 학교가 없거나 코로나로 한국 유학이 어려워진 학생들의 요구에 맞게 다양한 온라인 강의 플랫폼이 생겨났다. 덕분에 전 세계 각지에 사는 외국인이나 재외 동포를 상대로 한국어 강의를 할 수 있게 되었다.

영국에서는 중등학교 방과 후 교실로 한국어를 가르치는 일을 했다. 영국의 중등학교란 세컨더리 스쿨(Secondary School)이라고 부르는 한국의 중학교와 고등학교를 포함하는 나이대(만11-16세)의 학생들이 가는 곳이다. 세컨더리 스쿨에서 7학년(Year 7)부터 11학년(Year 11)까지 5년 동안 수학한 후 대학에 가거나 전문학교에 간다. 가장 어린 학생들을 보고 수업할 때는 중학교에 온 것도 같았고, 가장 선배인 학생들을 보면 또 고등학교에 온 기분도 들었다.

강사로서의 일과는 보통 아침 일곱 시에 일어나 준비를 시작한다. 커피를 내린 후에 노트북 화면을 연다. 그리고 아홉 시쯤부터 본격적인 수업이 시작된다. 강의는 일대일로 이루어진다. 오늘 아침에 수업한 학생은 포르투갈에 사는 대학원생이었다. 그녀의 이름은 사라로 성격이 매우 좋다. 그동안 한국어 강의를 하면서 그녀처럼 친근하고 성격 좋으며 배려를 많이 해주는 학생은 못 본 것 같다. 사라는 내게 포르투갈에 놀러 오라고 빈말 아닌 진심으로 여러 번 권했다. 자동차로 포르투갈 각지를 여행시켜주겠다고 자신 있게 말했다.

비행기표를 알아보고 비어있는 날을 찾아보는 등 최선을 다해 여행 갈 방법을 찾아봤지만 아직 어려울 것 같아 미안했다. 그 대신 그녀가 한국으로 여행 간다는 9월쯤에 나 역시 귀국할 테니 한국에서 만나기로 약속했고 실제로 한국에 온 그녀와 4번 정도 만났다. 경복궁에서는 한복을 입고 돌아다니고 청계천에서는 버스킹을 구경하는 등 즐거운 여행을 하며 내내 웃음이 끊이질 않았다.

포르투갈의 밝은 에너지를 가진 사라는 종종 나와의 수업이 '하루의 시작을 밝힌다'라고 표현해준다. 힘이 되는 말이다. 나 역시 그녀와의 수업으로 하루를 시작하면 기운이 솟는다. 늘 웃는 얼굴로 수업에 참여하고 적극적으로 공부하고 질문하는 모습이 내게도 자극이 된다. 한국어 표현 중 "맞아요"를 수업에서 많이 사용한다. 그녀가 좋아하는 말이기도 하다. "맞아요, 윤~" 하고 웃으며 예시나 설명에 납득하고 이해했음을 알린다. 나는 "좋습니다"하고 또 웃음으로 답한다.

그녀와의 수업을 통해 얻은 지혜는 '웃는 얼굴에는 생각보다 큰 긍정적 효과가 있다'라는 것이다. 한국 속담에도 '웃는 낯에 침 뱉으랴'라는 표현이 있는가 하면 데일 카네기의 〈인간관계론〉에서도 웃음의 힘을 강조하고 있다. 상대방과 친해지는 가장 결정적이고 쉬운 방법은 웃어 보이는 것이다. 웃음은 상대방에게 '나는 당신을 좋아해요. 당신과 친해지고 싶어요.'라는 메시지를 전달한다. 친해지고 싶은 사람이 있거나 좋은 관계를 유지하고 싶다면 미소 짓는 것만큼 좋은 방법이 없는 듯하다.

내 수업을 듣는 학생들의 국적은 다양하다. 일본인 학생들도 여럿 있어서 어릴 적 일본어를 열심히 공부한 경험이 도움이 된다. 일본 학생들은 보통 일본에서보다는 호주나 미국, 영국 등 해외에서 수업을 듣는다. 부모 중 한 사람이 일본인이거나, 이민을 간 경우다. 한국의 재외 교포들도 비슷하다.

이들은 자신이 한국인, 일본인이라는 정체성이 확실하지 않다. 한때 미국에서 수업을 듣던 학생 중 일본어 지식을 가진 학생이 있었다. 대학 교수라고 자신을 소개한 그녀는 말투에서 자연스러운 카리스마가 흘러넘쳤다. 출생은 미국에서 했으나 그녀의 아버지는 일본인이고 어머니는 한국인이었다. 게다가 한국어 공부는 할머니와 대화하고 싶은 마음에서 시작되었다고 한다. 부모님과는 영어로 소통할 수 있으나 조부모님과는 영어로 소통이 어려웠을 것이다.

백지부터 시작하는 보통의 외국인 학생들에 비해 교포인 친구들의 수업은 미로처럼 복잡하다. 지식의 공백이 무엇인지 이해하고 나서야 수업이 제대로 시작되기 때문이다. '배고파'는 말할 수 있지만 '책상이 있어요'는 모르는 경우가 있다. 하지만 한국 문화에 대해 잘 알고 있어 이것은 수업할 때 장점이 된다.

학생 중에는 호칭을 '윤 씨'로 하는 학생도 많다. 보통의 한국 예절로는 선생님의 이름을 부르지 않지만, 나는 외국인 학생들에게 생소할 수 있는 한국의 예절을 처음부터 강요하고 싶지 않아 거의 마음대로 부르도록 내버려 둔다. 하지만 한국이나 일본 학생들의 경우 '선생님'으로 불러주곤 해서 고맙게 느낀다.

오전 수업 후 점심을 먹고 오후 수업에 들어갔을 때, 일본인 학생인 S를 만났다. S는 미국에서 수업을 듣는 일본 학생이다. 고등학생인 그녀는 똑똑하고 순박하다. BTS의 팬인 그녀는 BTS의 영상이나 음악을 한국어로 최대한 즐기고 싶어 취미로 한국어를 배운다. 미국 LA에는 한국인이 많이 살고 있어 그녀에게는 한국인 친구들도 있다. 한국인 친구들과 대화할 때도 한국어는 매우 유용하다고 한다. 그녀는 한국어를 잘하고 싶은 마음에 숙제할 때도 글씨를 또박또박 쓰고 다양한 어휘를 사용하려 한다. 그런 마음이 기특하여 수업 때마다 자주 격려하고 칭찬해주게 된다. S 역시 수업 중 많이 웃어주는 학생 중 한 명이다.

어느 날 S와의 수업 중에 '한국어를 배우는 이유'에 대해 함께 이야기했다. 한국으로 유학을 가려고 한국어를 배운다는 사쿠라의 말에 응원해주고 싶은 마음이 더욱 솟아났다. 동시에 또 다른 학생이 떠올랐다. 한국으로 유학을 가기 위해 일 년 넘게 한국어 수업을 듣던 러시아 학생이다. 중학생이었던 그 학생은 러시아와 우크라이나의 전쟁이 발발한 이후 숙제만 보내 놓고 사라졌다. 온라인 결제 서비스인 페이팔로 결제를 해왔을 텐데, 러시아의 우크라이나 침공 이후로 페이팔이 러시아에서의 서비스를 중단했기 때문에 수업을 예약할 방법이 없었던 것이다.

그녀에게 최근에 연락해본 적이 있다. 잘 지내는지 안부 인사를 전했다. 그녀는 수업을 듣고 싶지만 들을 수가 없다며 아쉬움을 내비쳤다. 전쟁으로 우크라이나 사람들뿐 아니라 러시아 사람들의 삶 역시 큰 변화를 겪고 있다. 한국을 많이 사랑하던 그녀의 한국 유학 도전이 좌절될까 슬퍼졌다.

러시아인의 잘 알려진 특성처럼 그녀 역시 잘 웃는 편은 아니었다. 러시아에서는 무표정한 얼굴을 보는 것이 꽤 흔하다고 하는데 그녀 또한 그랬다. 하지만 그럴수록 웃겨주고 싶은 도전 정신이 생겨났다. 학생들을 즐겁게 해주고 웃게 해주는 건 선생님의 역할 중 하나라는 특이한 철학이 있는 나는 종종 그녀에게도 개그를 도전했다가 열 번 중 두 번의 성공을 경험했다.

대부분 나의 실패 경험을 이야기했을 때 성공도가 높았다. '내일 영화를 보러 가려고 했는데 갑자기 폭풍이 불어서 못 가게 됐어' 같은 슬픈 이야기에 말이다. 하지만 그녀가 가장 환하게 웃을 때는 그녀 자신이 실수했을 때였다. 내가 러시아어를 할 수는 없으니 우리는 보통 영어로 수업을 했는데 그녀가 가끔 영어 단어를 까먹거나 하면 '이게 영어로 뭐였는지 까먹었어요'하고는 수줍게 웃었다. 그럴 때 가장 그녀가 순수한 어린아이처럼 보였다.

영국도 러시아만큼은 아니지만 웃는 얼굴을 다른 국가에 비해 보기 힘든 나라 중 하나로 알려져 있다. 다른 나라라고 한다면 근처에 있는 프랑스나 스페인, 이탈리아 혹은 바다 건너 미국이나 캐나다일 테니 그 웃음 많고 주변에 관심 많은 나라들에 비하면 영국은 과연 그만큼의 에너지(?)는 없는 것이다. 한때 영국은 감정 표현을 적게 하고 특히 부정적 표현을 에둘러 하기 때문에 주변에서 '영국 사람은 알 수가 없다'라는 반응을 얻곤 했다.

하지만 내가 볼 때 영국 사람들은 그런 일반적인 평판보다는 잘 웃는 데다 말도 많고 쾌활하다. 이럴 때 영국 사람들이 흔하게 말하는 '신분, 계급의 차'가 이유가 되는지도 모른다. 신분이 높은 상류층(upper class)이나 귀족의 경우 극소수 존재하고 별나라에서 사는 것처럼 쉽게 만나보기도 힘들다. 넷플릭스 드라마나 영국 영화에서 종종 나올 법한 고상한 영국 귀족들은 규칙에 맞게 행동하며 감정을 잘 다스리고 냉정하고 차분한 이미지를 고수할지 모르지만, 내가 영국에 와서 길거리에서 보는 사람들은 대부분 평범한 중산층(middle class) 혹은 노동자 계급(working class)일 것이다.

그러니 모두 자유롭고 편안하게 감정을 표현하는데 거리

낌이 없다. 심지어는 괴상하리만큼 시끄럽게 거리에서 소동을 피우기도 한다. 나는 즐거워 보이는 사람들의 웃음소리에 쉽게 동요되는 사람이다. 코로나로 약 2~3년 조용하게 살았던 세월을 생각하면 다시 떠오르는 활기가 반갑기만 하다.

오래전, 한국에 온 외국인들이 한국 사람들의 무표정에 놀란다는 말을 들은 적이 있다. 한국 사람들은 도무지 웃지를 않고 언제나 화난 것처럼 보여 무섭다는 것이다. 문득 그런 말을 했던 외국 사람들의 정체가 궁금하다. 아마도 영국인은 아닐 것이다. 모르는 사람과도 쉽게 인사하고 대화 나누기 좋아하는 미국인이 아니었을까?

소란스러운 활기가 조금 되살아나긴 했지만 사실 영국 거리에서는 무표정하게 지나가는 사람들이 여전히 무척 많다. 도시가 아닌 곳에서는 오며 가며 서로에게 'Hi(안녕)'하고 인사를 하기도 하지만, 런던 같은 큰 도시에서는 모르는 사람에게 인사를 잘 하지 않는다. 다들 바쁘게 걸을 뿐이다.

가끔 런던에서 모르는 사람에게 말을 걸고 싶어질 때가 있다. 2018년 파리에 혼자 여행을 갔을 때 몇 번 그런 적이 있다. '봉주르!' 괜히 서툴게 공부한 프랑스어로 말을 걸었다. 프랑스인들은 비교적 유쾌하게 인사를 받아주곤 했다.

런던에서는 그럴 엄두가 나지 않는다. 영국인보다 이민자가 더 많은 것 같은 런던, 누가 어떤 배경에서 자라 어떤 가치관을 가지고 있는지 알지도 못한 상태에서 아무에게나 말을 걸기는 어렵다.

이럴 땐 단순하게 살았던 어린 시절이 그립다. 놀이터에 가면 누구나 쉽게 친구가 될 수 있었던 초등학생 시절로 돌아가고 싶어진다. 처음 보는 아이와도 금방 친구가 되어 그네를 밀어주기도 했던 순수한 마음이 내게도 아직 남아있을까? 해외 생활이 길어질수록 경계심만 늘어간다.

한국에 돌아가면 가족과 친구를 만나 마음 편히 웃을 수 있으면 좋겠다고 생각한다. 웃음을 이야기하다 보니 글을 쓰며 여러 번 미소를 짓게 된다.

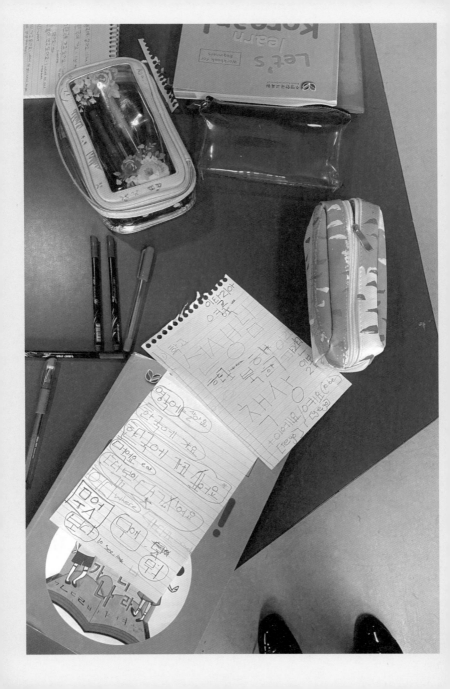

영국 교실에 피어난 무궁화 꽃

　　이른 봄, 한국 모 대학교의 한국어 교원 양성과정에 지원하던 중이었다. 온라인으로 수업을 들을 수 있지만, 실습은 오프라인으로 해야 하는 듯 보였다. 해외에 거주하는 경우 주변 한국어 교육 기관에 문의하여 실습을 직접 받아야 한다고 안내하기에 직접 주영한국 교육원(영국에 있는 한국 교육원)에 메일을 보냈다.

　　교육원에서 곧 답장이 왔다. "코로나로 인해 오프라인 수업을 하고 있지 않아 도움을 드리기 힘들어 죄송합니다. 그런데 웨일즈에 계시는 한국어 선생님이시라면 마침 웨일즈의 학교에서 한국어 선생님을 구하고 있어 가능하시면 지원해주세요."라는 생각지도 못한 요청이 함께 왔다.

　　좋은 제안이었기에 바로 지원했고 줌(Zoom)으로 면접도 마친 후 얼떨결에 영국 웨일즈의 한 학교에서 한국어 선생님으로 일하게 되었다. 방과 후 수업으로 매주 수요일에 한 시간씩이었지만 무척 보람 있고 즐거웠다. (한국어 교원 양성과정의 오프라인 실습도 온라인으로 대체되어 잘 해결되었다)

그날은 하프 텀이라고 부르는 일주일간의 짧은 방학이 끝나고 수요일마다 열리는 한국어 교실이 다시 시작된 날이었다. 오랜만에 학생들을 만나니 반가웠다. 아이들은 개구쟁이처럼 말도 많고 궁금한 것도 많다. 대부분 만 11~12살(학교에서 제일 어린 나이, 7학년)이지만, 15~16살(11학년)인 학생도 세 명 있다. 11학년 학생들은 한국으로 치면 고3이어서 입시 때문에 결석할 때가 많지만 한국어에 대한 열정은 남다르다.

특히 BTS나 케이팝 아이돌을 좋아하는 아이들은 더 열심히 공부한다. 한글을 쓰는 속도도 훨씬 빠르고 말도 이미 잘한다. 하지만 케이팝을 좋아해서가 아닌 다른 이유로 수업을 듣는 학생도 많다. 한국어라는 언어가 그냥 좋아서 수업을 듣기도 하고 친구가 오자고 해서 왔다며 별 이유 없이 참여한 학생도 있다. 여러 학년이 다양한 목적으로 모였지만 아이들 모두를 아우르는 교실을 만들고자 부단히 노력했다.

처음 영국 학교에서 방과 후 한국어 교실을 담당하기로 했을 때는 많이 긴장했다. 일주일 전부터 자료화면을 만들고 영국 가족들(알렉스, 로즈, 폴)과 모의 수업도 해보는 등 만반의 준비를 했다. 로즈는 초등학교 교사로서의 경험이 수십 년 있으니 실질적인 조언을 많이 해주었다. 동물에 관한 이야기를 많이 하면 좋고 게임도 자주 해야 한다는 것이다.

폴은 내가 가르치게 된 학교를 다녔던 졸업생이었기에 유독 내 수업에 관심이 많았다. 모의 수업을 하는 날, 로즈와 폴에게 양해를 구하고 텔레비전 화면에 자료를 띄우고 실제 같은 수업을 시작했다. 밝게 인사를 한 후 어린아이들을 대하듯 이름 부르기 게임을 준비했다.

게임을 위해 로즈에게 먼저 이름을 물었다. "What is your name? (이름이 뭐예요?)" 그러자 로즈는 퉁명스러운 말투로 "I'm Oliver! (올리버예요!)"라고 말했다. 학생들이 착하고 순하지만은 않을 것이라는 인상을 주고 싶었던 모양이다. 그녀는 불량스러운 남자아이의 흉내를 내며 다리를 꼬았다. 나는 웃음을 참으며 폴에게 물었다. 폴은 "I'm Christina. (저는 크리스티나예요.)"라고 말하며 머리를 귀 뒤로 넘기는 시늉을 했다. 수줍은 여학생을 연기하는 모양이었다. 이를 지켜보는 알렉스는 부끄러운 듯이 고개를 저었다. 모두의 도움으로 상황극을 활기차게 이어가며 모의수업을 잘 마쳤다.

보통은 수요일마다 로즈가 학교까지 차를 운전해서 나를 데려다준다. 버스를 타면 시간도 오래 걸리고 교통비도 무척 비싸다. 시험 삼아 버스로 가봤는데 왕복 14파운드(약 2만 원)가 들었다. 결국 로즈의 차를 타고 로즈에게 주유비를 드리기로 했다. 가능한 한 알렉스도 매일 동행한다.

처음에는 주차장에 세워둔 차 안에서 수업하는 한 시간을 내내 기다렸지만 요즘은 둘이 아이스크림 가게에 가서 아이스크림이나 밀크셰이크를 먹으며 기다린다. 그래서 어느 날부터인가 수요일은 '아이스크림 데이(Ice cream day)'가 되어 있었다. "앗싸, 내일 수요일이다, 아이스크림 먹는 날이다." 하고 신 나 하는 것이다. 나의 미안함을 덜어주기 위함인지 몰라도 덕분에 나도 부담 없이 한국어 교실 강의를 다닐 수 있었다. 한 번은 로즈가 중요한 일이 있어 차로 데려다 줄 수가 없었다. 다행히 폴이 쉬는 날이라 폴의 차를 타고 학교에 갔다. 사소한 특이점이 있다면 그 차가 커다란 캠핑카(밴)였다는 것이다.

캠핑카를 타고 출근을 해본 적이 있으신지? 나는 처음이었다. 강아지 오스카를 집에 혼자 두기도 걱정이 된 나머지 오스카도 태웠다. 알렉스도 동행했다. 마치 여행 가는 기분으로 출근했다. 알렉스를 만나기 전까지는 캠핑카를 타본 적이 없는 것 같다. 한국의 가족이나 친척들과 여행을 갈 때 대형차를 탄 적은 있었지만 캠핑카는 아니었다.

차 안에 작은 냉장고와 싱크대, 조리도구와 수납 시설이 잘 갖추어진 것을 보고 깜짝 놀랐다. 종종 여유가 되는 날에 알렉스네 가족을 따라 캠핑하러 간다. 물론 화장실과 욕실이 있는 화려한 대형 캠핑카는 아니지만, 즉석에서 간단한 조리를 해서 테이블 위에서 밥을 먹을 수도 있고 냉장고에 물이나 음식을 보관할 수도 있어 편리하다.

어린 시절, 커다란 차를 타고 국내를 돌아다니며 여행하는 삶을 꿈꾼 적이 있다. 어린 철부지의 환상이라고 생각하고 점점 잊어가고 있었는데, 실제로 화장실까지 딸린 캠핑카를 탄다면 가능할 수도 있겠다 싶다. 한국에 돌아가면 운전 연습을 더 한 후 캠핑카를 빌려서 가족이나 친구와 이곳저곳을 다녀보는 것도 재미있을 것이다.

그날은 생각보다 일찍 도착했다. 학교에 들어가 직원분께 인사하고 학생들의 앞 수업이 끝나기를 기다렸다. 기다리는 동안 심심해서 수첩을 꺼내 낙서를 했다. 종이 울리지는 않았지만 마치 그런 것처럼 학생들이 우르르 걸어 나왔다.

한국에서는 중고등학생들 대부분은 백팩을 메곤 하는데 영국은 최신 유행인지는 몰라도 여학생들 대부분이 한쪽 어깨에 올려놓는 가방(숄더백, 토트백)을 멨다. 일본 여고생들이 주로 메는 검고 통일된 디자인의 가방과는 달랐다. 마치 대학생들이 들 만한 고급스러운 디자인의 가방이었다. 시간이 남다 보니 유심히 관찰하게 되었는데 브랜드도 대부분 비슷했다. 가게에서 가방을 실제로 본 적도 있어서 가격대도 대략 알 수 있었다. 저가도 아니고 그렇다고 고가도 아닌, 어디가 좋은지도 잘 모르겠는 가방 스타일을 여학생 중 반 정도가 들고 있었다.

한국에서는 백팩이 아닌 숄더백을 들고 등교하는 고등학생들의 모습을 본 적이 없어 더 신기했다. 겨울에는 여학생들이 짧은 치마에 검은 스타킹을 신는다. 여름에 여학생들은 스타킹 대신 무릎을 덮는 긴 검은 양말을 신는 것 같았다. 이렇게까지 관찰했다니 부끄럽지만, 한국과의 스타일 차이가 무척 흥미로웠다. 남학생들은 키가 아주 작은 아이들도 있었지만 대부분 무척 키가 크고 팔다리가 길어 눈에 띄었다. 아이들 몇몇은 나를 보고 인사해 주기도 했다. 괜히 쑥스러워서 고개만 끄덕였다.

한국어 교실은 세 시 십 분부터 네 시 십 분까지의 한 시간이다. 시간이 되어 교실로 가니 학생들이 옹기종기 모여 있었다. 학생들에게 "안녕하세요" 하고 인사를 건네고 잘 지냈는지 안부를 물었다. 한국어로 열심히 말해보려는 아이들도 있고 영어로 이야기하는 아이들도 있다.

다행히 담당 선생님인 빅키가 내 수업을 곁에서 도와준다. 학생 중 나보다 말이 많은 아이가 있으면 빅키가 조용히 하라고 타이른다. 빅키의 성은 알렉스와 같은 루이스이고 학생들은 그녀를 미세스 루이스라고 부른다. 첫날 빅키와 인사를 했을 때 나는 '윤'이라고 불러달라고 했지만, 빅키는 학생들에게는 '미스 김'이라고 부르도록 했다. '윤'이라는 호칭이 좋았지만 어린 학생들이 편하다 못해 무례하게 대하지 않도록 도와주는 것임을 곧 알게 되었다.

빅키가 잠시 자리를 비운 사이, 학생 중 한 명이 물었다. "선생님, 게임은 언제 해요?" 한국어 수업 한 시간 중 30분은 게임에 할애한다. 아이들이 한국 문화를 체험할 수 있게 돕는 것이다. 지난 봄학기 마지막 수업 때는 파티처럼 윷놀이

를 했다. 아이들은 규칙을 금방 익히고 신나게 윷을 던졌다. 제기를 할 때는 동영상으로 시범을 대신했다. 학생들이 나보다 제기를 더 잘했다. 공기놀이를 한 적도 있다. 공기놀이만큼은 내가 자신 있는 분야라 처음부터 끝까지 제대로 보여줄수 있었다. 아이들은 환호하며 좋아했다. 하지만 연습을 많이 해도 쉽게 늘지 않아 금방 좌절하는 듯했다.

부채를 만들거나 복주머니에 그림 그리는 활동도 했다. 아이들은 모두 예술가라더니, 훌륭한 그림을 보고 놀라 칭찬해주면 천진하게 기뻐하는 모습이 예뻤다. 아이들은 게임 시간을 언어 배우는 시간보다 더 좋아하는지도 모른다. 그렇다고해도 뿌듯한 일이다. 언젠가 어른이 되면 한국에 꼭 놀러 와주길, 서울이나 제주도, 부산 등을 여행하며 윤 선생님과의한국어 수업 시간을 떠올려 주길 기대해본다.

이번에 준비한 게임은 '무궁화꽃이 피었습니다'였다. 인터넷에 나오는 예시 영상을 보여주었다. 아이들은 '무궁화꽃이 피었습니다'를 따라 말하며 좋아했다. 실제로 게임을 할 때는 가만히 있지 못하고 움직여서 걸린 사람이 술래의 곁에가서 새끼손가락을 걸어야 한다고 말해주었다. 긴말 없이 바로 게임이 시작됐다. 처음 술래는 선생님인 내가 맡았다. 아이들은 조용히 걸어왔다가 내가 돌아보면 바로 멈췄다. 몇 번을 진행하다가 한 아이가 술래가 되었다. 아이는 분해하면 서도 기쁜 듯이 술래가 되어 칠판 앞에서 외쳤다.

"무궁…꼬…피써…다!"

한국말이 서툰 아이라 말하기 힘들면 뒤의 "다!"만 제대로 해달라고 했더니 과연 약간의 시도를 한 모양이다. 모두 알 아듣고 조심조심 걸었다. 멈출 때는 일부러 과장된 동작을 했다. 아이는 박장대소했다. 그리고 오랫동안 지긋이 교실 을 쳐다보았다. 학생 중 한 명이 "빨리 해!"하고 외치자 아이 는 그 학생을 가리키며 "너 움직였어! 이리 와."하고 잡아냈 다. 아이들이 한국말은 잘하지 못해도 게임을 충분히 즐기고 있는 게 보여 웃음이 났다.

게임이 끝나고 나니 모두 땀으로 범벅이 되어 있었다. 아 이들은 "한국에는 왜 이렇게 재밌는 게임이 많아요?" 혹은 "다음 주에도 게임 많이 해요? 더 많이 했으면 좋겠어요."하 고 보챘다. 10대 아이들과 체력이 같을 리 없는 20대 후반의 나는 숨을 간신히 들이마시며 "그럼 그럼, 다음 주에는 게임 더 많이 하자."라고 대답했다. 어떤 학생은 "저희 한국 여행 지나 지도를 보면서 수업했으면 좋겠어요."하고 의견을 냈다. 다들 적극적이다. 나는 교과서 진도대로 수업하고 싶었지만 아이들이 원한다면 조금 바꾸어도 되지 않나 생각하며 알겠다고 말했다. 아이들은 야호~하고 기뻐하며 가방을 챙겼다.

아이들이 한국어 교실을 진심으로 좋아해 주고 즐기고 있는 게 고마울 따름이다. 빅키와 아이들에게 내 책인 <500일의 영국>을 교실로 가져가 보여준 적이 있다. 빅키는 흥미를 보이며 내용을 물어보았고 나는 영국 문화와 여행에 관한 책이라고 설명했다. 책 속의 사진들을 가리키며 카디프 성과 에든버러, 런던과 같은 장소를 보여주기도 했다. 그러자 학생 중 한 명이 책을 읽어달라고 부탁했다. 나는 한글로 쓰였는데도 괜찮겠냐고 물었다. '네'라고 대답하며 아이들은 기대에 찬 눈빛으로 나를 바라보았다. 카디프에 관해 쓴 부분을 읽기로 했다.

"웨일즈의 수도, 붉은 익룡의 도시 카디프. 웨일즈는 산과 바다, 자연과 동물이 많은 푸른 공간의 이미지가 있지만 수도인 카디프에 가면 분위기가 많이 달라진다…."

영어만 가득했던 교실에 순식간에 한국어로 말하는 내 목소리만 울리니 기분이 묘했다. 학생이 무슨 뜻이냐고 물었다. 영어로 번역해서 설명해주니 다들 납득하며 한동안 카디프에 관한 이야기로 빠져들어 갔다. 학교와 카디프는 멀지 않은 곳에 있어, 다들 카디프에 가면 무엇을 하는지에 대해 한참 토론한 후에야 다시 한국어 수업으로 돌아올 수 있었다.

한국어 교실에서 강의하기 전에는 알렉스와 그의 가족이나 친척 혹은 이웃과의 일상이 내 영국 생활의 거의 전부였다. 한국어 교실로 내 세계가 한 번 더 확장된 기분이 들어 행복했다. 또한 진짜 영국 웨일즈의 구성원으로 속한 기분도 들어 내심 뿌듯했다. 코로나로 갇혀 있어 조금 갑갑했던 마음이 풀리는 듯했다. 좋은 기회로 맡게 된 한국어 교실을 영국에 있는 동안 잘 마무리하고 싶었다. 한국어가 확 늘기를 바라기보다는 아이들이 한국 문화와 언어에 관심을 더 가질 수 있도록 도와주는 편을 택해야겠다고 생각했다.

칠월 중순, 아이들과 마지막 수업을 했다. 아쉬운 마음으로 학교에 들어섰다. 주영한국교육센터에서는 대한민국 외교부라는 문구가 적힌 머그잔을 나와 담당 선생님인 빅키,

그리고 교장 선생님에게 선물로 주었다. 그리고 그동안 수업에 꾸준히 참여한 학생들을 위한 상장 같은 증명서와 충전기도 예쁘게 포장해서 선물로 준비해 주셔서 아이들에게 그대로 전달했다.

아이들은 무척 기뻐했고 빅키 선생님도 마음에 드는지 기뻐서 어쩔 줄 몰라 했다. 내가 준비한 선물은 작은 마이쮸라는 젤리뿐이었는데 그조차 이슬람 종교의 학생들은 돼지고기가 함유되어 있어 먹지 못하고 대신 가방 속에 있던 다른 과자를 선물로 주었다.

다양한 학생들을 만나다 보니 내 세계가 얼마나 좁았고 생각이 짧았는지 실감했다. 마지막 수업은 아주 약간의 한글과 한국어의 복습, 그리고 윷놀이였다. 아이들은 게임을 정말 좋아해서 신이 나 방방 뛰었다. 열정적인 윷놀이가 끝나고 아쉽게 손을 흔들며 인사를 했다. '안녕히 가세요' '감사합니다' 서툴지만 정성스러운 한국어가 오갔다.

그리고 그다음 주 수요일, 늘 학교에 가기 위해 분주히 움직이던 패턴이 사라지고 약간의 허전함을 느꼈다. 학교로 출근하기 전에도 오전에는 늘 온라인으로 한국어 수업을 했다.

오전 수업이 끝난 정오쯤 집으로 꽃 배달이 왔다. 빅키 선

Dear Yoon

...u so much for all that you have done to su...port
...ents in our Korean Club. We will miss you ...d
...ur very best wishes to you for whatever you...
next.
...ve from
Vicky and al... ...ents at N... ...igh

생님이 수업이 끝나기 전, 한국 주소와 영국에 현재 사는 집 주소를 알려주면 아이들과 카드를 보내고 싶다고 말한 적이 있었는데 그걸 벌써 보낸 것일까? 놀란 마음에 후다닥 일 층으로 내려갔다. 꽃과 함께 동봉된 카드에는 감사의 마음과 그리움을 전하는 메시지가 적혀 있었다. 나중에 다시 웨일즈로 돌아오게 된다면 학교를 방문하거나 다시 한국어 수업을 할 수 있게 되면 좋겠다고 생각했다.

영국 사람들은 정이 없다고 누가 그러는지 모르겠다. 겉으로 보기엔 조금 차갑고 상대방에게 벽을 많이 두는 성향이지만, 천천히 친해지면 그들도 누구보다 따스하고 상냥하며 정이 많다. 빅키 선생님은 마지막 날에 "이렇게 작별인사하는 게 너무 힘들어요, 저는. 너무 그리울 거예요."라고 슬픈 목소리로 말해 나까지 마음이 아파졌다. 분홍색 꽃다발은 화병에 곱게 꽂아 창가에 두었다.

꽃이 오래 그 자리를 지키는 동안 나는 웨일즈의 작은 마을에 대한 소중한 소속감을 마음 깊이 간직할 수 있었다.

카디프 단골 카페에서의 우연한 만남

영국 웨일즈의 수도는 카디프다. (영국의 영어 명칭은 'The United Kingdom(UK)'으로 이름부터 연합왕국이다. 풀네임은 'The United Kingdom of Great Britain and Northern Ireland'로 그레이트 브리튼과 북아일랜드의 연합왕국이란 뜻이다. 크게 영국 본토인 잉글랜드, 스코틀랜드, 웨일즈와 바다 건너 아일랜드섬의 북아일랜드, 이렇게 네 지역으로 나누어진다. 4개의 독립적인 지역이 연합한 국가가 영국이며 각 지역은 연합된 국가로서 각자의 정체성을 가지고 있으며 같은 군주와 총리 아래 존재한다.) 카디프는 카디프 성과 밀레니엄 경기장, 럭비 등으로 유명하지만 드라마를 좋아하는 내게 더 흥미로운 사실은 영국 드라마 〈셜록〉의 촬영지라는 점이다. 런던, 에든버러에는 모험과 여행의 추억이, 웨일즈와 카디프에는 일상의 추억이 많다.

영화로도 제작된 유명한 아동 문학 <마틸다>와 <찰리와 초콜릿 공장>을 집필한 로알드 달(Roald Dahl)은 웨일즈의 카디프 출신이다. 로알드 달의 부모님은 노르웨이 이민자였다. 청소년 시절 이후 주로 잉글랜드에서 살았지만, 카디프 출신의 문학가이기에 카디프 베이에 가면 '로알드 달 플라스(Roald Dahl Plass)'라는 그를 기념하는 공간도 있다.

<해리포터>의 작가인 조앤 롤링 역시 브리스톨 근처에서 태어났지만 9살 이후 이사해 웨일즈의 남동쪽에서 어린 시절을 보냈다. 그녀가 자란 몬머스는 잉글랜드와 웨일즈의 국경에 있는 곳으로 살짝 걸어 나가면 잉글랜드, 다시 걸어오면 웨일즈인 신기한 곳이다. 섬이나 다름없는 반도에 사는 한국 사람으로서 바다가 아닌 국경을 직접 밟으니 신기했다.

2021년 봄, 알렉스와 함께 몬머스에 갔다. 별다른 이유 없이 나들이를 갔는데 나중에야 조앤 롤링이 살았던 곳이라는 것을 알고 뒤늦은 후회를 했다. 그녀가 다닌 와이딘(Wyedean) 학교도 카디프와 브리스톨 사이인 웨일즈와 잉글랜드의 국경에 있는데, 여기에서 만난 인물 대다수가 해리포터 시리즈 등장인물의 모티브가 되었다고 하여 흥미로웠

다.

지난 5월, 화상으로 〈500일의 영국〉 독자님들과 온라인 미팅을 했다. 기억에 남는 질문 중 하나는 '어디에서 글을 쓰는가?'였다. 예를 들면 〈해리포터〉의 작가 조앤 롤링이 에든버러에 있는 '엘리펀트 카페'에서 글을 썼다고 알려진 것처럼, 나도 특별히 머물러서 집필하는 장소가 있냐는 질문이었다. 좋아하는 작가와의 비교에 너무 기뻤지만, 한편으로는 지루한 답변을 해야 해서 아쉬웠다.

"정말 재미있는 답변을 해주고 싶은데 미안하게도 딱히 글을 자주 쓴 카페나 장소는 없어요. 〈500일의 영국〉은 지난 겨울부터 올봄까지 썼던 책이라, 겨울에 춥고 비도 많이 오잖아요, 영국은. 그래서 어디 나가지도 않고 집에 계속 있으면서 쓴 거예요. 강의가 끝나면 금방 해가 져서, 컴컴한 창밖으로 비 내리는 바깥 풍경을 보면서 이 방에 앉아서 글을 썼어요."라고 대답했다.

그 후 종종 다음 책을 쓴다면 꼭 재미있는 장소를 발견해서 집필의 추억을 만들어보자는 생각이 들었다. 2022년 6월 한 달간 야심 차게 진행한 〈윤정노트〉라는 에세이 연재가 시작된 후로도 그랬다. 런던 패딩턴 역에 있는 카페에 앉아 아이패드에 키보드를 연결해서 글을 쓰기도 하고, 기차 안에 앉아서도 수첩을 꺼내 아이디어를 적었다.

하지만 가장 편안하게 글이 잘 써지는 공간은 늘 방 안이었다. 항상 앉는 자주색 안락의자에 몸을 기대고 노트북을 충전기에서 빼내어 무릎 위에 둔다. 알렉스에게는 '글 쓰는 중이니까 들어오지 말라'고 이야기하고 '저녁 아홉 시에 보자'라고 말한다. 그전에 끝내겠다는 다짐이다. 마감을 잘 지키는 편인 나는 아홉 시 전에 그와 재회하곤 한다. 그는 '벌써!?'라는 표정으로 아쉽게 하던 게임을 마쳤다.

지난 금요일은 밖으로 나가서 재미있는 집필의 추억을 만들기로 했다. 알렉스를 집에 두고 혼자 카디프에 갔다. 노트북을 가져갈까 고민했는데, 가방이 무거워져서가 아니라 영국은 한국만큼 치안이 좋지는 않기에 언제 그림자처럼 사라질지 몰라서 가져가기가 꺼려졌다. 강의와 글쓰기 같은 생계 활동도 노트북으로 이어가기 때문에 도난만큼은 피하고 싶었다. 대신 아이패드와 키보드를 가방에 쑤셔서 넣었다. 한 번도 소매치기를 당해본 적은 없지만 악명 높은 유럽의 치안 상태는 겁이 나고 늘 불안하다. 잃어버려도 무방한 겁은 에코백을 사랑하는 이유다.

가방을 들고 집을 나서기 전, 현관문 앞에 서서 알렉스와 오래 인사를 나눈다. 나보다 걱정이 많은 알렉스가 조심하라고 여러 번 당부한다. 나는 글감을 찾으러 가는 것이니까 조심하기보다는 재밌는 사건이 많이 일어나면 좋겠다고 그를 접준다. 예전처럼 모르는 사람에게 말도 걸어볼까 생각 중이라고 하자 그가 '오, 돌아올 때는 경찰에서 먼저 연락이 오겠구나'라고 말하며 과장 섞인 몸짓으로 머리를 싸맨다.

그의 걱정과는 달리 카디프에 도착하자마자 쇼핑센터를 누비며 옷 가게에 들어가 예쁜 옷을 구경하느라 정신이 팔려 오랜 시간을 낭비했다. 스페인 패션 브랜드인 '자라(Zara)'와 같은 계열사인 '스트라디바리우스(Stradivarius)'는 여름옷을 살 때 좋다. 값은 싸고 옷은 가볍고 디자인은 적당히 예쁘다. 원피스를 여러 벌 둘러보다 짧은 소매의 단추가 달린 반팔 티셔츠를 하나 샀다. 더운 여름이 다가올 걸 생각하면 얇은 소재의 옷이 필요했다.

계산을 할 때 요즘 사람들이 예전보다 상냥하게 대해주는 것 같다는 착각을 하게 된다. 마스크를 쓰지 않는 세상이 오고 있기 때문일까? 보다 풍부한 표정이 오간다. 이런 사소한 일에도 사람 사는 것 같은 느낌이 들고 숨통이 트인다.

무거운 가방에 방금 산 옷 가방을 담으니 이제야 할 일이 떠올랐다. 글쓰기다! 무작정 카페에 가는 것보다는 약간의 탐험과 구경을 한 후 가는 것이 글감 찾기에 좋을 거라 생각했다. 그런데 그 결과는 쇼핑밖에 없었으니 그제야 발을 동동 굴렀다.

스트라디바리우스의 바로 옆에 있는 스타벅스 카페에 들어가 자리가 있나 둘러보았다. 빈자리가 있는 것을 확인하고 계산대로 갔다. 한국이었다면 빈자리에 가방을 두고 커피를 주문하러 갔을 수도 있겠지만, 영국에서 그런 행동을 과감하게 할 수 있는 사람은 몇 없을 것이다.

초록색 유니폼을 입은 직원과 눈이 마주쳤다. 메뉴를 주문하기도 전에 이름을 묻는 직원에게 '윤이요'라고 대답하자 그녀는 '루?'하고 되묻는다. 그냥 그렇다고 하자, 고개를 끄덕이고 메뉴를 주문하려는 찰나 이번에는 'Stay in or take away? (드시고 가세요, 포장해 가세요?)' 하고 묻는다. 'Stay in, please (먹고 갈게요).' 하고 대답한 후에야 주문하고 싶었던 메뉴인 아이스 아메리카노를 외칠 수 있었다.

스타벅스는 편하고 좋은 나의 카디프 단골 커피숍이지만 질문이 너무 많아 귀찮기도 하다. 받은 커피잔의 라벨에는

'Lu'라는 영문이 적혀 있었다.

구석진 자리에 앉아 아이패드와 키보드를 꺼내고 메모장 앱을 열었다. 우선 아무거나 써 보았다. 글을 쓰기 전에는 머리에 있는 공상들을 먼저 풀어내곤 한다. 가져온 책을 읽는 것도 방법이다. 책을 읽으면 영상매체를 볼 때보다 글을 쓰고 싶은 영감을 잘 받는다. 상상하며 읽기 때문이 아닐까?

소설책이나 심리학책을 좋아해서 자주 읽지만, 그날은 내 책인 〈500일의 영국〉 외에는 없었다. 책을 펼쳐보다가 좋아하는 부분이 나와 미소가 지어졌다. 그때 갑자기 한 남자가 옆 테이블에 나타났다. 검은 정장에 검은 모자를 쓴 남자는 내게 다짜고짜 "제가 화장실에 갈 동안 자리의 물건 좀 봐주시겠어요?"하고 묻는다. 나는 알았다고 대답하고 내내 곁눈질로 그의 테이블을 사수했다.

잠시 후 다행히 남자는 무사히(?) 돌아와 고맙다고 웃어주며 자리에 앉았다. 그 후 한 시간쯤 지났을까, 이번에는 내가 화장실에 가고 싶어졌다. 보통 한국이라면 짐을 자리에 두고 가도 아무도 훔쳐 가지 않을 것이란 믿음이 있지만 영국을 포함한 유럽이나 해외 대부분 나라는 그렇지 않은 것이다. 시간도 늦었고 이참에 집에 가야겠다는 생각에 가방을 다 챙

긴 후에 화장실에 가면서 옆자리 남자가 부탁한 것과 똑같이 하기로 했다. 그는 웃는 얼굴로 알겠다고 답했다. 화장실은 가까웠지만 걸어가면서도 설마 내 물건을 가져가진 않겠지 하는 의심과 조바심으로 서둘러 돌아왔다. 테이블의 물건은 모두 그대로였다.

"감사합니다!" 웃으며 인사하고 자리에 앉았다. 아이패드를 덮으려는데 남자가 물었다. "일하는 중이세요?" 나는 "네, 글을 쓰거든요."하고 답했다. 그는 관심이 있다는 듯 "작가인가요?" 물었고 마침 책을 가지고 있던 나는 노란 커버의 내 책을 들어 보여주었다. "무엇을 쓴 책인가요?" "영국 문화와 여행에 관해 썼어요." 신기해하는 반응에 책을 소개하는 대화가 오갔다.

그는 들고 있던 종이를 보여주며 "저는 학생들 시험지를 채점하고 있었어요. 너무 피곤해서 집중이 잘 안되어서 카페로 온 건데, 여기서도 집중이 잘 안되네요." 나는 "선생님이세요?"라고 물었고 "대학 강사예요." 하고 그가 답했다. "이름이 뭐예요?" "윤이에요, 당신은요?" "저는 D예요."

D는 카디프에 살지만 브리스톨 대학에서 컴퓨터 공학 수업을 강의하고 있는 강사였다. 전문 분야는 자동차인 듯했

다. 영국에도 내년이면 운전자 없는 버스나 택시가 생길 수도 있다며 기밀정보를 공유하듯 내게 말했다. 그와는 거의 한 시간을 넘게 떠들었는데 그건 나보다도 그가 말이 많았기 때문이다. 이야기하는 내내 그의 악센트와 억양이 영국인의 억양과는 다소 다름을 느꼈지만 굳이 묻지 않았는데, 나중에 자신의 아버지가 프랑스인이고 어머니가 영국인임을 알려주었다. 그제야 사이다를 마신 듯 상쾌하게 이해할 수 있었다.

"그랬군요! 봉쥬르? 사바? 꼬멍 딸레부? (안녕하세요, 잘 지내요?)" 프랑스어를 아주 조금 공부했던 나는 순간 그에게 할 수 있는 프랑스어를 총동원하여 인사를 다시 건넸다. 그는 호탕하게 웃으며 "잘 지내요. 이름이 뭐예요?"라고 프랑스어로 다시 물어봐 주었고 나는 "쥬마뻴 윤정!"하고 윤정이라는 이름을 밝혔다. 순간 '윤정? 아까와는 다른 이름인데?' 하는 눈치를 받아 "윤은 윤정의 줄임말이에요. 외국 사람들은 윤정 발음을 잘하지 못하거든요."하고 변명해야 했다. 프랑스어를 혼자 공부할 때 "쥬마뻴 윤정, 쥬마뻴 윤정(내 이름은 윤정입니다)"을 주문처럼 웅얼거리며 외웠던 탓에 튀어나온 본명이었다.

본명을 밝힌 것은 상관없었지만 거짓말한 기분이 들어 어색해졌다. 대신 내가 얼마나 프랑스어를 좋아하는지, 대학 다닐 때 얼마나 많은 프랑스 친구들이 있었고 여전히 연락하고 지내는지 이야기하며 어색함을 무마하려 했다.

나와의 대화가 즐거웠는지, 혹은 지루함을 떨치려던 생각인지 그는 다시 커리어에 대한 자랑 아닌 자랑을 늘어놓았다. 그의 빛나는 눈에는 자부심이 느껴졌다. 여기저기에서 강의와 연구를 하고 있고 후에는 교수가 될 것이라는 그의 계획을 들었다. 다음 달 중국으로 출장을 가는데 한국에는 가본 적이 없어 궁금하다는 그의 말에 한국에 대한 이야기도 해주었다.

그는 현대 자동차에 관심이 많았지만, 북한의 김정은 국무위원장은 알고 남한의 문재인 전 대통령과 윤석렬 대통령에 대해서는 모르는 듯했다. 카디프로 돌아오기 전 출장으로 두바이에도 몇 개월 살았다며, 자기 돈으로는 엄두도 못 낼 곳이지만 대학에서 지원을 해줘서 갈 수 있었다며 즐거웠던 여행 이야기도 들려주었다. 두바이에 있는 상어가 있는 수족관이나 어마어마한 규모의 쇼핑센터, 백몇십 층이나 되는 고층 빌딩에 일 분도 안 돼 초고속으로 올라간 일 등 여러 경험담을 말해주었다.

　이야기를 들으며 '와'하고 경탄을 내질렀지만 머릿속에서는 이 사람과의 일화를 책으로 쓰면 되겠구나, 오늘의 글감은 너로 정했다, 하는 작가로서는 성실한, 하지만 사람으로서는 다소 불성실한 생각을 떠올리고 있었다.

　카디프에 가기 전에 알렉스와 나눈 대화가 생각이 났다. '오늘은 꼭 모르는 사람에게 말을 걸어서 재미있는 일화를 가져올 거야!' 내가 먼저 말을 걸기도 전에 이렇게 나타나 주다니! 하늘이 돕는 날이었다. 그와는 번호를 공유했다. 한국어 강의를 하고 있다는 걸 알려주자 카디프 대학교에서도 한국어를 가르칠 수 있게 말해주겠다고 그가 호언장담했기 때문이다. 대학에 언어 센터가 있는데 중국어나 다른 언어는 있지만 한국어는 아직 없는 것 같다며, 여차하면 네가 첫 한국어 강사가 될 수도 있다고 바람을 넣었다.

　그가 성공적으로 한국어 강사 일을 나에게 소개해주든 않든 상관은 없지만, 몇 마디의 대화로 모르는 사람과 단번에 친해진 자신에게 스스로 놀랐다. 이것은 내 자랑할만한 장점(?) 중 하나였는데 코로나에, 해외에 있다 보니 소심해져 마구 구겨진 상태라 뽐내지 못했다.

알렉스와 함께 있을 때도 종종 모르는 사람이 말을 걸곤 한다. 한 차례 대화 폭풍이 지나가면 알렉스가 꼭 말하기를 "나는 혼자 있으면 아무도 나한테 말을 안 거는데, 너랑만 있으면 사람들이 말을 건다? 네가 사람들을 말 걸게 하나 봐." 하고 놀란 듯 이야기하는 것이다. 나는 "그게 아니라, 네가 표정이 늘 무섭고 차가워 보여서 그런 게 아닐까?" 하고 받아친다. 사람들과 이야기하고 싶고 인사하고 싶은 내 마음이 표정을 통해 은연중에 드러나는 것이 아닐까?

낯선 이와의 대화는 처음부터 나 자신을 소개해야 하는 번거로움만 조금 지나면 이내 즐거워진다. 상대의 이야기는 나는 상상도 한 적 없는 새로운 분야일 때가 많아 호기심을 자극한다. 소설을 읽는 이유도 이와 같으니 날것 그대로의 실제 인물의 이야기는 얼마나 더 재미있을까! 하지만 더 이상 이야기하고 있다가는 기차를 놓치고 말 것이다. 나는 서둘러 인사를 하고 기차역으로 향했다. 기차는 푸른 초원을 지나 빠르게 달렸다.

〈마틸다〉의 저자이자 카디프 출신의 훌륭한 작가, 로알드 달이 남긴 좋은 글귀 두 개를 소개한다.

If you are going to get anywhere in life,
you have to read a lot of books.
인생의 목적지에 도달하려면 그곳이 어느 곳이건
책을 많이 읽어야 한다.

Those who don't believe in magic
will never find it.
마술을 믿지 않는 사람들은 마술을 발견하는 일이
결코 없을 것이다.

영국에서 코로나에 걸리다

코로나에 걸렸다. 지난 금요일 카디프 어딘가에서 바이러스를 옮겨온 모양이다. 월요일 아침 땀을 뻘뻘 흘릴 정도로 악몽을 꾸며 잠에서 깼다. 꿈속에서는 알렉스가 낯선 여자와 가까이 앉아 있었는데, "뭐해 지금?"하고 넌지시 물어도 그 여자는 알렉스의 손을 계속 잡으려고 가까이 다가가는 것이었다. 화가 난 나는 결국 자리를 피해 계단을 올랐고 계단 아래로 보이는 두 남녀를 보고 머리에 열이 잔뜩 오르는 것을 느꼈다. 그 순간 모든 게 꿈임을 깨달았다.

잠에서 깨자 알렉스의 뒷모습이 보였다. 그는 게임에 열중이었는데 내가 깬 것을 보고 아침 인사를 건넸다. "방금 꿈에서 무슨 일이 있었는지 알아?"하고 격분을 토하니, 그는 억울해하며 자기 잘못이 아니라고 말했다. 머리로는 알고 있지만 마음으론 화가 쉽게 풀리지 않았다. 한낱 꿈일 뿐인데 오랫동안 화가 가시지 않았고 머리가 얼얼하게 아팠다. 두통이 심하고 심장이 쿵쿵 뛰었다. 혈관을 타고 혈액이 움직이는 게 생생히 느껴질 정도였다.

샤워를 하고 화장을 끝낸 후 다시 그에게 다가갔다. "와, 얼마나 화가 났으면 아직도 머리가 아픈 거지? 진짜 어이없다. 목도 좀 아픈데 이거 설마 코로나 아니겠지?" 그는 화들짝 놀라 집안을 돌아다니며 체온계를 찾아왔다. 겨드랑이에 넣어 열을 재보니 37.5도였다. 꽤 높았다. 집에 있던 셀프 검사기로 코로나 검사를 하기로 했다.

지난 3년간 숱하게 코로나 검사를 했다. 잠깐 아플 때마다 '코로나인가?'하고 검사하는 습관이 생긴 것이다. 그럴 때마다 한 번도 양성이 나온 적이 없었다. 검사 결과가 잘못된 거 아닐까 매번 전전긍긍했었는데, 이번에는 달랐다. 검사하자마자 빨간 두 줄이 나온 것이다. 결과를 알자마자 머리가 더 아파져 오는 느낌이 들었다. 알렉스는 바로 멀찍이 도망을 갔다. 코로나가 2019년 말에 시작되었고 지금은 거의 3년이 지났다. 아무리 바이러스가 약해졌다고 한들 코로나는 코로나라 전염 가능성이 있어 그와 가족들 모두로부터 격리하게 되었다.

 밥을 따로 먹는 것은 물론 잠도 따로 잤다. 알렉스 방에 있는 침대에서 보통 잠을 자는데 그곳을 내가 혼자 차지하게 되었다. 알렉스는 타지에 사는 여동생 방에 있는 침대에서 하루를 보냈다. 그의 방에는 컴퓨터가 있어 그가 늘 게임을 하거나 일을 보는데 컴퓨터를 할 자유마저 빼앗겨버린 것이다. 미안한 마음으로 침대에 누워 허공을 바라봤다. 핸드폰을 하거나 책을 읽으면 머리가 어지러워서 그저 멍하니 누워서 시간을 보냈다.

 가끔 알렉스가 보고 싶을 때는 그에게 전화를 했다. 격리를 매우 심각하고 철저하게 했던 것은 아니라서 그는 그럴 때마다 방문을 빼꼼 열고 "뭐가 필요해? (What do you need?)"하고 물어봐 주었다. 필요한 건 그의 얼굴을 보는 것, 그와 함께하는 시간이었지만 대신에 "물 좀 갖다주라. 그리고 약도 좀 부탁해."하고 그를 불러낸 이유를 만들어냈다. 그는 물과 약을 가져다주고 계속 필요한 게 있는지 물었다. 언제든 물어보라고 말한 후 허공으로 포옹을 한 후 문을 닫고 돌아갔다.

 코로나 같은 바이러스에 전염되어 아프면 그저 감기에 걸리는 것보다 몇 배로 서러운 것 같다. 전염될 가능성 때문에 간호해주는 사람도 곁에 갈 수 없고 존재 자체가 폐가 되는 기분이 든다. 알렉스는 "평소 같으면 코로나에 걸리든 말든 상관없었을 텐데 하필이면 요즘 일을 하고 있어서…."하고 내게 가까이 올 수 없는 자신의 처지를 설명했다.

그는 영국 학교에서 시험을 감독하는 일을 잠시 하고 있었다. 소소한 용돈벌이처럼 대학원 졸업 전까지 하기로 한 일이었는데 많은 학생과 한 교실에서 오랫동안 같이 있어야 하므로 코로나에 걸리면 당연히 갈 수 없게 될 것이다. 앞으로 여행을 계획하고 있기도 해서 돈을 모으는 것은 중요했다. 나는 괜찮다며, 떨어져 있는 동안 훗날의 장거리 연애를 미리 연습하자고 우스갯소리로 말했다.

장거리 연애라는 단어가 낯설게 느껴진다. 꽤 오랫동안 알렉스와의 관계는 장거리였는데도 말이다. 2017년 봄, 일본에서 만나 도쿄에서 유학하는 동안 함께였던 우리는 곧 각자의 나라로 귀국하게 되었다. 순식간에 우리 앞에 놓인 거리가 약 9천 킬로미터가 되어버렸다. 우리는 시공간을 초월하는 사랑을 했다. 나의 아침은 그의 밤이었기에 서로가 "좋은 아침, 잘자!"라는 기묘한 인사를 해야 했다. 한국에서 영국까지의 비행깃값은 항공에 따라 다르지만 때론 편도로 100만 원이라 쉽게 오갈 수도 없는 거리였다.

2019년 여름, 그와 내가 동시에 일본행 비행기에 올랐을 때 다시 우리의 거리는 0이 되었고 시차는 없어졌다. 그는 나와 조금 떨어진 지역의 한 학교에서 영어 선생님을 했고 나는 도쿄의 학원에서 한국어를 가르쳤다. 그와는 주말마다 만나 도쿄의 곳곳을 걸었다. 그가 도쿄로 오지 못하는 날에는 내가 그가 사는 바닷가 마을로 가기도 했다.

다시 2020년 여름, 서로의 나라로 돌아가야 했지만 이번에는 몇 달 지나지 않아 내가 영국으로 갔고 다시 거리의 차이는 사라졌다. 서로가 알고 지낸 기간은 5년 정도지만, 떨어져 있던 기간이 2년은 될 것이다. 먼 곳에 있어 직접 볼 수 없는 사람과의 사랑을 지키는 일에는 꽤 큰 노력이 필요하다. 한 사람만의 수고로 지켜지는 것도 아니라 서로 오래 이야기하고 응원하고 격려하며 물리적 부재를 이겨냈다.

이 글을 쓰는 지금, 귀국까지 두 달 남짓 남았다. 석 달 정도 남았을 때만 해도 여전히 많이 남은 기분이었는데 두 달하고 며칠 남은 상황이 되니 정말 금방 닥칠 일 같다. 한국에 돌아가면 알렉스와의 거리는 멀어지겠지만 한국의 가족과 친구들과의 거리는 다시 가까워진다. 가족들과 시간을 보내며 그동안 주지 못한 사랑과 양보와 배려를 듬뿍 건네주어야지.

귀국 전에는 엄마와 아빠와 동생이 영국에 온다. 귀국하기 딱 일주일 전이다. 팔월 마지막 주에 가족들과 영국 여러 장소를 가능한 한 많이 여행할 생각이다. 우리 가족은 사이가 좋다면 좋고 데면데면한 면도 없지 않은데 그래도 엄마의 카리스마와 사랑스러움으로 똘똘 잘 뭉치는 편이다.

재작년인 2020년 겨울, 영국에서 크리스마스를 보내던 때였다. 한국에 있는 엄마와 동생과 줌으로 영상 통화를 했다. 한국 집 벽에는 크리스마스트리가 걸려있었다. 크리스마스 선물로 드린 옷을 입고 있는 엄마가 귀여웠다. 화면을 통해 인사를 하는데 엄마 목소리가 이상했다. 엄마의 표정도 어둡고 힘들어 보였다. 영상 통화를 끝낸 후 엄마에게 문자를 보냈다. "엄마 코로나 걸린 거 아냐? 테스트 해 봐." 엄마는 "응."이라는 대답만 남기고 소식이 없었다.

나중에 알고 보니, 그날 직후 코로나 검사를 해본 결과 엄마는 양성이 나왔다. 가족들도 검사를 했지만 다행히 아빠와 동생은 음성이 나왔고 엄마는 집에서 잠시 격리하다가 치료 시설에 들어갔다. 엄마에게 "어떻게 됐어?"하고 전화를 걸자 그제야 엄마는 양성이었음을 알려주었다. 방에 혼자 격리된 엄마의 얼굴을 보고 마음이 슬퍼졌다. 당장 한국으로 돌아가고 싶었다.

걱정되어 자주 전화 통화를 했다. 다행히 엄마는 치료 센터에서 만난 사람들과 친해지기도 하고 컵라면이 맛있다는 이야기도 전해주며 특유의 밝은 모습으로 우리를 안심시켰다. 그로부터 거의 일 년 반이 지났다. 이번에는 내가 코로나에 걸린 것이다. 엄마에게 전화를 할까 말까 고민했다. 엄마는 코로나에 걸렸어도 내게 바로 전화해서 알려주지 않았다. 멀리 있는 딸이 걱정할까 봐 그랬던 걸까. 당시 서운했던 마음을 떠올리며 이번에 나는 바로 말해줘야지 하고 엄마에게 전화를 걸었다.

엄마는 바쁜 일이 있어서 두 시간 후에 전화한다고 했지만, 두 시간 후에는 수업이 있어서 전화를 받을 수 없었다. 다음 날이 되어서야 엄마와 전화 연결이 되었다. 엄마에게는 저녁 늦은 시각이라 잠자리에 들려던 중이었다. 나는 "코로나에 걸렸어."하고 무심하고도 슬픈 듯이 말했다.

엄마는 잠에서 살짝 덜 깨어난 목소리로 "어, 그래? 그러면… 격리해야 되는데….”하고 작은 목소리로 속삭였다. “격리하고 있어. 근데 머리가 너무 아파.” 괜히 엄마랑만 이야기하면 어린아이가 되어버리고 마는 탓에 실제보다도 아픈 척우는 소리를 냈다. 꾀병을 간파당한 것인지, 단지 비몽사몽했을 뿐인지 엄마는 “근데 미안해 윤정아, 엄마가 오늘 피곤해서 일찍 자느라고….” 하기에 나도 급히 인사하고 통화 종료 버튼을 눌렀다. 엄마가 자던 중이 아니었다면 더 많이 걱정해주고 이야기해줬을 텐데, 괜히 서운하기도 하고 마음이 이상했다.

이런 마음이 장거리 연애의 슬픈 표지다. 나와 상대의 신호가 달라 잘 잡히지 않는다. 지금도 영국 시간은 저녁 여덟 시지만, 한국은 새벽 네 시다. 엄마와 통화를 하고 싶어도 몇 시간 더 기다려야 한다. 소중한 잠을 깨울 수 없으니까. 알렉스와 나의 연애도 이런 모습이 될 것이다. 그는 밤늦게까지 내가 일어나길 기다리며 눈을 부릅뜨고 잠을 쫓을 것이다. 나는 아침이 되면 늦잠을 자고 싶어도 휴대폰부터 찾아 그에게 전화를 걸 것이다. 한국에서의 나의 이른 새벽은 그에게 늦은 밤이 될 테니.

코로나에 걸려 아픈 와중에도 만화를 그리고 글을 쓴다.

쉰 목소리로 학생들과 이야기하고 어지러운 머리와 끓는 듯한 열기를 가지고 강의를 했다. 불행인지 다행인지 온라인으로 하는 수업은 감염 걱정이 없으니 취소하지 않아도 되지만 수요일마다 있는 영국 학교에서의 방과 후 교실은 쉬어야 할 것이다. 아픈 김에 쉬어가는 법을 또 한 번 배운다. 멍하니 하늘만 바라보는 시간도 귀한 시간임을 깨닫는다.

얼마나 많은 새가 하늘을 가로질러 날아가는지, 또 얼마나 다양한 생명들이 창밖 공원을 걷고 지나가는지 구경하는 것만으로도 기쁨에 가슴이 벅차다. 스트레스에 중독된 세상에서 잠깐 한 발짝 나와 있는 것만으로도 마음이 편안해진다.

오늘 밤도 짙게 드리운 어둠 속, 모두 고요히 잠들 수 있길 바란다.

외식보다 집밥이 좋은 영국

영국에서의 외식은 한국에서만큼 만만하지 않다. 한국에 살 때는 외식을 정말 자주 했다. 특히 대학교에 다닐 때는 인하대 후문의 낮은 물가에 길들어서 점심과 저녁 모두 밖에서 먹을 때도 많았다. 처음 교환학생으로 일본에 갔을 때만 해도 도쿄의 물가가 상당히 높아서 경악스러웠는데, 영국은 그보다도 심했다. 보통 두 사람이 식당에서 콜라 한 잔씩 마시면 6에서 9파운드, 식사 메뉴가 약 15파운드, 합하면 거의 40파운드인데 한화로는 육만 원 정도다. 한국에서는 밥 한 끼에 육천 원도 거뜬했던 것 같은데 여기서는 육천 원(4파운드)으로 커피나 콜라 한 잔도 겨우 마신다.

대신 식재료의 가격은 무척 싸다. 채소나 과일 가격도 저렴하고, 고기도 무척 싸다. 그래서 영국에서는 보통 집에서 요리해 먹는 문화가 더 강하다.

영국에서도 한국처럼 만만하게 갈 수 있는 식당이 있기는 하다. 써브웨이나 타코벨이 대표적이다. 타코벨은 타코와 브리또, 나초 등을 파는 멕시코 음식 가게지만 멕시코 사람들은 인정해주지 않는 분위기이다. 하지만 나는 정말 좋아한다. 그보다도 더 만만한 가게는 그렉스(Greggs)와 프렛(Pret)이다. 샌드위치를 주로 판매하고 도넛이나 과자(영국 사람들은 감자 칩을 식사처럼 먹기도 한다), 쿠키도 먹을 수 있다. 그렉스의 대표 메뉴는 소시지 롤로, 빵 안에 소시지가 들어있는데 내 입맛에는 전혀 맞지 않지만 영국 사람들은 유독 좋아하는 나름 국민 음식이다.

싸게 끼니를 때울 수 있는 가장 좋은 방법은 테스코 슈퍼마켓의 밀딜(Meal Deal)을 이용하는 것이다. 밀딜은 한마디로 말하면 세트 할인이다. 음료 하나, 도시락이나 샌드위치 하나, 과일이나 감자 칩 하나씩 세 가지를 고르면 개별 가격에 상관없이 3파운드(약 5천 원)에 살 수 있다. 적어 놓고 보니 3파운드라는 금액이 영국에서는 끼니로서는 혁신적으로 싼 것인데 한국에서도 공감할 수 있을지 궁금하다.

한국 물가도 꽤 오르고 있어 이미 오천 원으로 밥 한 끼를 생각할 수 없는 상황이라고 생각하면 조금 안타깝다. 한국에 살 때만 해도 만 원으로 커피도 마시고 밥도 해결할 수 있었던 것 같은데 이제는 그것도 옛말일까?

코로나에 걸린 동안 영국 가족들과 겸상을 피했다. 혼자 방에서 먹거나 햄버거를 시켜 먹었다. 평소처럼 요리한 후에 내 몫의 음식을 접시에 담아 주기도 했다. 부엌으로 내려가지도 않게 되어 이층에서만 생활하니 물이나 차, 음료수도 알렉스에게 부탁했다. 다행히 커피머신은 방 안에 있어 만들어 먹을 수 있었지만, 커피를 마시고 싶은 기분도 들지 않았다. 두통은 사라졌지만 입맛도 사라져서 커피 대신 물을 잔뜩 마셨다. 늘어나는 빈 컵은 알렉스가 치워주거나 새로운 음료수로 채워 줬다.

설거지도 나흘 동안이나 안 하고 있으니(아침과 점심 설거지는 알렉스가, 저녁 설거지는 보통 내가 해왔다) 그의 수고가 큰 것이다. 어제는 또 나만을 위해 일본 카레를 만들어 주었는데, 감자와 당근을 꼭 넣어달라고 부탁하자 귀찮은 듯이 "에?"하고 되묻기에 "치, 됐다, 말아라!"하고 기대하지도 않고 돌아서 버렸다. 그러고 한 시간 후 감자와 당근을 잘 넣은 카레를 따끈하게 요리해서 가지고 오기에 감동했다.

그는 내가 꼭 오래 데리고 살아야 할 충직한 신하, 아니 남자친구다. 그 스스로도 농담처럼 "네, 여왕님" 하며 허리를 구십 도로 숙이고 하인의 시늉을 할 때가 있으니 우습다. 물론 장난일 뿐이지만 그만큼 그의 정성스러운 보살핌이 고맙다.

지난밤 그가 카레를 만들기 전, 침대에 누워 일찍 자겠다고 이불을 푹 덮은 내게 방문을 똑똑 두드리고는 물었다. "밥은 먹어야지." "안 먹고 싶어." "그래도 뭐 먹고 싶은 거 있어? 내가 요리해 줄게."

그가 여러 번 물었지만 아무 것도 먹고 싶지 않아 고개만 저었다. "참치볶음밥 해줄까?" 하는데도 줄곧 싫다고만 하니 그가 최후의 강수를 둔 것이 카레였던 것이다. 설마 진짜 만들 줄은 몰랐는데 말이다. 아픈 탓에 원래보다 입맛이 없었다. 좋아하는 음식 이외에는 먹고 싶지 않았다. 당시 먹을 수 있었던 음식을 꼽자면 카레와 매운 음식, 예를 들면 순두부찌개 같은 요리인데 순두부찌개를 하려면 한국 음식 재료가 필요하니 카레가 가장 현실적으로 가능하긴 했다.

그에게는 미안한 말이지만 영국 음식은 어찌 됐든 내 취향은 아니다. 피시 앤 칩스라 부르는 생선튀김 요리도 맛이 자극적이지 않고 좀 심심하다. 알렉스도 그렇지만 그의 아버지인 폴은 요리를 무척 잘하고 여러 나라의 음식을 수준급으로 만들어낸다. 폴의 가장 자신 있는 메뉴는 인도 카레다. 인도식 카레, 예를 들면 치킨 티카 마살라는 인도 카레라고 불리지만 사실 영국 음식에 가깝다고 한다. 마치 짜장면이 중국 음식의 영향을 받아 한국의 동인천에서 재탄생한 음식인 것처럼 말이다. 한국이나 해외에서는 배달 음식 하면 중식을 주로 떠올리는데, 영국에서는 '테이크어웨이(take away)' 즉, 포장 혹은 배달 식당으로 인도 음식점이 굉장히 많다.

네 면이 바다로 둘러싸인 섬나라이기 때문에 같은 섬나라인 일본처럼 해산물이나 스시(초밥), 사시미(생선회)와 같은 생선이 주재료인 음식이 인기가 많을 법도 한데, 피시 앤 칩스를 제외하면 해산물 요리가 그렇게 많은 편도 아니다.

스시를 먹을 때는 꼭 일식당에 가거나 테스코 슈퍼마켓에 있는 작은 도시락을 산다. 영국인에게 가장 인기가 많은 음식인 인도 카레는 나도 영국 음식 중 가장 좋아하는 음식이다. 맛도 다양하고 향도 좋고 채소도 듬뿍 들어가 있다. 감자와 당근은 카레나 고추장소스와 함께 볶아졌을 때 가장 맛있다고 생각한다. 영국 사람들이 감자와 당근, 콩을 소스 없이 접시 위에 장식처럼 놓고 먹을 때 늘 의아하기만 하다. 소스가 있어도 매우 조금 찍어 먹는 수준이라 자극적인 맛 중독자인 내게 영국 음식은 뭔가 부족한 맛이다.

재미있는 건 이탈리아 요리나 파스타, 라자냐 같은 다른 나라 음식 역시 영국 사람들은 어렵지 않게 만들곤 한다는 것이다. 영국 음식보다 유럽 다른 나라의 요리들을 식탁에서 자주 접한다. 파스타를 먹을 때는 마늘빵도 소스에 찍어 함께 먹는다. 와인이나 맥주도 식사 때 종종 마시곤 하는데, 확실히 알코올을 식사와 함께 소량으로 즐기는 문화가 있는 듯하다.

나는 수업이 없는 날에도 다음 날 수업이 있으면 절대 술을 마시지 않는데, 그러다 보니 술을 마실 수 있는 날이 거의 없다. 연이어 쉬는 날이 많이 없기 때문이다. 그래서 매달 사흘 연속 쉴 수 있는 휴일을 일부러 만들어 놓기도 했다. 일정을 자유롭게 조절할 수 있는 프리랜서니 가능한 일이다. 그렇게 휴일을 만들어도 막상 여행을 가려고 하거나 재미있게 놀려고 하면 체력이 바닥나서 결국 쉬게 된다. 체력을 아껴서 언젠가 중요한 날에 쓰려고 보관 중이다. 물론 말도 안 되는 이야기이다.

그다음 주 금요일에는 로마 여행을 계획하고 있었다. 그날을 위해 체력보다는 돈을 아끼려 하고 있다. 이탈리아는 맛있는 음식으로 유명하고 젤라또라는 아이스크림으로도 잘 알려져 있다. 음식이 과연 맛있을지 기대가 된다. 내 입맛은 지극히 한국적이라 유럽 음식들이 거의 잘 안 맞는 것 같아 걱정이다. 카디프에서 유명한 이탈리안 식당인 지오바니 레스토랑(Giovanni's Restaurant)에 가서, 드라마 <셜록>의 주연 베네딕트 컴버배치가 앉았던 테이블에 앉아 평소 좋아하는 메뉴인 까르보나라를 주문해 먹은 적이 있다.

첫입에 '느끼하다!'라는 말이 목 끝까지 치밀어올랐지만 맞은 편에 앉은 알렉스에게 허점을 보일 수 없어 만족하는 척하고 끝까지 먹었다. 알렉스는 그 식당이 과대평가를 받고 있을 뿐이며, 이탈리아 음식이 맛있다거나 프랑스 음식이 맛있다고 알려진 건 그들의 마케팅에 불과하다고 말하는 사람이었기 때문에 내 환상이 깨지는 걸 눈앞에서 목격한다면 히죽히죽 웃을 것이 뻔했다. 그것만은 피해야 했다!

식사를 마치고 나오는 길. "그래서 맛이 어땠어? 맛이 없었는데 억지로 먹었지?"하고 묻는 그에게 "아닌데! 엄청 좋았는데!"라고 잠깐 거짓말을 했다가 "사실 별로였어. 본토 이탈리아의 맛도 이런 건가? (이탈리아 사람들이 운영하는 레스토랑이었으므로 본토의 맛일 거라 생각했다) 한국에서 먹는 까르보나라가 더 맛있는 건 한국 사람 입맛에 맞춰서 나오기 때문인 건가?"라는 충격에 가까운 깨달음을 얻고는 혼잣말 같은 고백을 했다. 그는 고개를 절레절레 저으며 내 곁에서 나란히 걸었다.

영국에 오고 난 후 한동안 알렉스네 집 식탁 메뉴를 보며 든 생각은 "부자인가? 어떻게 맨날 이렇게 고기를 먹지?"였다. 한국에서도 가난과 부자 그 중간 어딘가에 살았던 나는 때론 가난했고 때론 부유하다고 착각하고 살았다. 모든 건 상대적이라 나보다 부유한, 예를 들면 집에 수영장이 있는 저택에 산다거나 하는 친구들 앞에서는 나만큼 가난한 애가 없었고 나보다도 돈이 없다는 친구들 앞에서는 내가 부자도 아닌데 부자라며 치켜세워주기에 가슴이 뜨끔하고 초라함을 들킬까 등이 시큰거렸다. 그럴 때마다 내가 얼마나 가난한지를 말하기보다는 그냥 믿고 싶은 대로 믿게 두기로 했다.

아끼려고 하는 자린고비 정신은 가난의 반대말 같다. 주위를 둘러보면 부자들은 확실히 돈을 아끼고 잘 관리한다.

나처럼 돈을 못 모으고 펑펑 쓰고 유학과 해외 생활, 여행에 망설임 없이 투자(?)하면 돈은 없지만 경험이 많아 그것으로 스스로를 위안한다. 실제로 견문을 넓히는 일은 코인 모으기보다 내게는 보람이 있다.

그런데 알렉스? 일단 나와 비교한다면 물론 여러모로 부자다. 저축해 놓은 돈도 많고, 살림도 잘하고 문화적으로도 성숙하니 말이다.

대학생 때 또래 친구들과 동물원에 놀러 갔다. 도시락을 싸와서 함께 먹는데 친구들 도시락에서 베리류의 과일을 발견했다. 처음 먹어본다고 하니, 다들 눈이 동그래져서는 "그래? 자주 사 먹지 않나?" 하는 것이 아닌가. 집에 돌아와서는 엄마에게 사주고 싶었지만 과일 이름을 까먹었다.

엄마도 과일을 자주 사 와 깎아주셨는데 형편보다 좋은 과일을 먹이려는 것 같아 나는 조금 슬퍼질 때가 있었다. 알렉스네 식탁에는 늘 과일이 있었다. 딸기나 바나나, 귤과 사과가 떨어질 때마다 계속 새로 사 와서 과일 바구니가 채워진 채로 있다. 그런 걸 보고서도 나는 와, 진짜 다르다고 생각했다. 지금 돌아보면 과일값이나 고기 가격이 한국과는 비교도 안 되게 싼 영국의 생활 물가의 차이도 영향이 있었을 듯하다.

어느 날 채식에 관심이 많던 알렉스가 식탁 위에서 불평했다. "맨날 고기, 고기 좀 그만 먹었으면 좋겠어!" 살짝 배부른 소리 같기도 한데, 정말 고기로 만든 음식을 매일 먹다 보면 그만 먹고 싶어진다. 괜히 영국 그리고 유럽에서 채식을 운운하는 게 아니다. 비건이 글로벌 트렌드이기도 하고 환경을 생각하고 동물을 아끼는 마음도 있지만, 정말 고기가 먹기 싫어지도록 물리는 순간이 있었다.

앞에서도 언급했지만 슈퍼마켓에서 장을 볼 때 고기 가격을 비롯해 영국은 식재료 대부분이 한국보다 훨씬 싼 편이다. 제철 딸기는 한 팩에 3파운드(약 4,500원)이고 싸게는 커다란 팩에 2파운드(약 3,000원)에도 살 수 있다. 한국 유학생들이 런던에 오면 과일 가격이 싼 것을 보고 놀라 매일 후식으로 과일을 챙겨 먹는다고들 한다. 한국에서는 딸기 한 바구니에 만 원도 넘었던 것으로 기억한다.

소고기도 한국과는 비교도 안 되게 싼데, 한 팩(약 400g)에 보통 3파운드(약 4,500원) 정도의 가격이다. 비싸지 않은 만큼 고기를 자주 챙겨 먹는 것도 이해는 간다. 영양과 단백질 보충을 생각하면 버섯이나 두부 등보다 고기만큼 쉬운 요리도 없다. 하지만 식탁에 항상 고기가 올라오니 그가 불평하기 전에 나도 '다른 거 먹고 싶다'라는 생각이 들 정도였다.

알렉스의 '고기 싫어 선언(?)' 이후로 다행히 가벼운 식사를 많이 하게 되었다. 돌아보면 손님인 내가 있어서 무리하게 음식을 잘 차려주려고 했던 게 아닐까 싶다. 요즘은 샐러드를 만들어서 먹기도 하고 건강식을 먹으려 노력한다. 한국에 있을 때는 아침을 잘 챙겨 먹고 점심도 든든히 먹고 (거의 외식하고) 저녁은 집에서 가족과 먹는 게 아니라 아예 굶을 때가 많아서, 저녁 식사를 영국에서 가족들과 매끼 챙겨 먹는 게 가장 적응해야 할 부분이었다.

나는 원래 저녁을 잘 안 먹는다. 먹을 때는 특별한 약속이 있을 때뿐이고 보통은 굶었다. 다이어트를 위해서이기도 하고 자기 전에 뭘 먹는 게 싫기도 했다. 그런데 영국 가족들은 정반대였다. 아침은 굶거나 가볍게 먹고 점심도 정말 간단하게 먹는 것이다. 나는 점심부터 계란말이에 참치볶음밥에 이것저것 볶고 끓이고 야단법석인데 영국 가족들은 빵 하나 구워 먹거나, 시리얼을 먹거나, 하다못해 감자 칩을 점심이라고 먹고 있었다. 그것이 영국 사람들의 특성인 것 같았다. 감자 칩을 어떻게 점심밥으로 먹느냔 말이다. 놀랍도록 불충분하다.

　무조건 밥을 먹어야 하는 한국 사람인 나는 매번 전자레인지에 밥을 데워 먹거나 새로 짓는다. 알렉스는 그때마다 질리지도 않는지 '점심을 왜 이렇게 거하게 차려 먹느냐' '너 때문에 내가 살이 찐다'라며 불평하느라 바쁘다. 그러다 보니 처음에는 같이 먹다가 나중에는 각자 알아서 차려 먹게 되었다. 그는 수프나 빵 한 조각을 간단히 먹고, 나는 거한한 상을 차려 먹지만 같은 공간에서 비슷한 속도로 먹으니 웃긴 일이다. 또한 가끔 내가 잘 요리된 음식을 자랑하고 싶은 마음에 한 입 떠먹여 주면 너무 맛있다며, 괜히 안 먹는다고 거절했다며 후회하곤 한다.

　한국에 돌아가면 해야 할 일이 있다. 가족들과 저녁을 함께 먹는 것이다. 저녁이든 아침이든, 함께 식사할 기회를 놓치지 말아야 한다. 처음에는 영국의 알렉스네 부모님과 밥을 먹는 게 마냥 편한 일은 아니었다. 언어를 알아듣지 못하던 날들도 있었다. 지금은 대부분을 이해하지만, 극 초반에는 알렉스가 중간에 없으면 소통도 되지 않을 만큼 힘들었다.

　언어가 통한 후에는 또 할 말이 별로 없어서 힘들었다. 밥 먹을 때는 조용히 밥만 먹고 싶은데 괜히 대화가 오가는 상황이 번거로웠던 것도 사실이다.

그도 그럴 게 알렉스랑 단둘이 식사할 때는 둘 다 아무 말도 안 하고 묵언수행으로 밥을 먹는다. 첫술에 맛있다, 맛없다(?)와 같은 맛 평가를 치르고 나면 그 후에는 접시를 싹 비울 때까지 조용히 먹기만 한다. 하지만 네 명이 식탁에 둘러앉아 먹을 때 그렇게 조용하면 좀 무서운 법이다. 나는 괜히 학생들과의 일화라든지 날씨 이야기 등을 꺼내고 한 번 대화의 물꼬가 트이면 금방 화기애애한 흐름이 만들어진다.

알렉스는 나와 있을 때는 개구쟁이에 말도 많고 장난도 잘 치는 코미디언이면서 부모님 앞에서는 말도 없고 무뚝뚝한 청년이라 그 차이가 굉장히 크다. 그래서 식탁에서 내가 알렉스에게 같은 장난을 쳐도 둘이 있을 때는 바보 같은 표정으로 받아쳐 주지만 그의 엄마와 아빠가 함께면 응? 하는 표정으로 바라볼 뿐이라 난감하다.

그래서 밥을 먹을 때 늘 텔레비전을 틀어놓는가 보다. 어색함을 무마하기 위해서. 퀴즈 프로그램을 틀고 퀴즈의 답을 맞혀가며 식사를 즐긴다. 대체로 나는 모르는 질문이지만, 알렉스는 역사와 지리 문제에 능하고 로즈는 7~80년대 노래나 그 시절 텔레비전 프로그램 제목을 맞추는 문제에 자신이 있다. 폴은 음악과 미디어 분야를 잘 아는 것 같다. 나는 마블과 디즈니 영화만 나오면 맞추지만 나머지는 젬병이라 퀴즈 프로그램이 별로 재미가 없다. 가족들이 문제의 정답을 맞히기 위해 열을 내는 걸 보고 웃기만 할 뿐이다. 그게 고요한 식탁보다는 낫지 싶다.

한국에서도 가족과 함께 식사하며 소소한 대화를 나누고 싶다. 근엄하고 진지한 대화가 아니더라도 소박한 음식을 먹으며 하루를 어떻게 보냈는지 같은 잔잔한 대화와 눈맞춤이 식탁에서 일어나는 가장 큰 잔치다. 그런데도 코로나로 나흘째 식탁에 참여하지 못하고 있으니 슬픈 일이다.

엄마가 지난밤 전화를 걸어서 "메일 재미있게 읽었어. 방을 두 개나 쓴다구. 알렉스는 여동생 방에 갇혔구." 하시기에 참 많이 웃었다. 웃긴 일도 아닌데 말이다. 알렉스가 내가 걸린 코로나에 감염될까 걱정이었다.

자가격리를 버틴(?) 한영 커플 이야기

코로나로 앓기를 이틀, 사나흘째쯤 되니 열이 내리고 두통이 사그라들었다. 여전히 코로나는 양성이었지만 다행히 큰 증상은 없었다.

그런데 어느 날 저녁부터 알렉스가 목이 아프다고 호소하기 시작했다. 그의 근처에 가까이 가지 않으려고 노력한 나흘간의 노력이 물거품이 되는 듯했다. 그날 밤 체온을 쟀는데 37.5도가 나왔다. 알렉스는 흐릿하게 비치는 빨간 두 줄을 본 후 너털웃음을 지으며 방문을 열고 들어왔다. "아이고 어떡해!" "이제 나도 격리해야 해." 지금 생각해보면 어차피 둘 다 코로나에 걸렸으니 우리 둘은 격리가 필요 없었는데 특이하게도 우리는 격리 체제를 유지했다. (잘 모르고⋯)

그는 여동생 방에서 계속 격리했고 나도 그의 방에서 따로

자고, 내 방에서 강의를 했다. 그가 코로나에 걸리기 전까지
는 그가 나의 수발을 다 들어주었다면 이제는 내 차례였다.

　다음 날 아침, 눈을 뜨자마자 방문을 두드리고 그의 상태
를 확인했다. 38도나 되는 체온으로 끙끙 앓고 있었다. 바로
물을 떠주고, 약을 가져다주었다. 그리고 그가 건네던 질문
을 똑같이 했다. "필요한 거 없어?" 그는 괜찮다고 말했지만
무척 힘겨워 보였다. "버블 데리고 올까?" 버블은 내 곰 인형
이름이다. 그는 순식간에 팔자 눈썹을 그리며 슬픈 표정으로
"으응." 하고 부탁한다고 말했다.

　나는 쏜살같이 방을 나갔다가 침대 구석에 앉아 있는 버블
의 팔을 잡고 그대로 다시 방으로 들어왔다. 나도 코로나로
아프던 밤마다 곰 인형 버블을 끌어안으며 시간을 보냈다.
그에게도 작은 도움이 되기를 바라며, 버블에게 말했다. "알
렉스를 많이 도와줘." 알렉스는 환하게 웃었다.

　졸지에 투병일기가 되어버렸지만 나는 거의 다 나았고 중
상도 별로 없었다. 다만 후각과 미각이 사라지는 경험은 처
음이었고 놀라웠다. 알렉스까지 아프다고 하니 우리 둘의 생
활은 엉망진창이 될 뻔했다. 알렉스네 부모님이 계신 덕에
여러 도움을 받을 수 있었다. 뜨거운 수프나 토스트, 카레 같

은 식사도 준비해 주셨다. 계단 위에 올려다 주시면 쟁반째 받아서 방에서 먹을 수 있었다.

이때는 내 방이 작은 거실 역할을 톡톡히 했다. 밥을 우물 우물 먹으며 텔레비전으로 영화를 보고 하릴없이 시간을 보내야 했다. 밖으로 나갈 수도 없으니 무척 심심했다. 알렉스에 대한 막중한 책임감을 느꼈다.

어느 날은 점심으로 배달 음식인 KFC 체인점의 햄버거를 시켜 먹었다. 주문하자마자 금방 도착한 햄버거와 감자튀김을 꺼내 먹는데, 순간 '뜨겁다'라는 것을 느낄 수 있었다. 햄버거가 금방 왔기 때문에 뜨거운 걸까, 돌연 이 감각이 새로움을 느끼며 한 입 두 입 감자튀김을 먹었다. 아주 짠 감자튀김을 먹는데도 짜지 않았고, 여러 가지 맛이 혼합된 햄버거 소스도 아무 맛이 나지 않았다. 입 안의 감촉과 온도만 느낄 수 있을 뿐, 혀가 맛을 느끼지 못한다는 것을 알았다.

한동안 코로나 후유증으로 '후각과 미각 상실'이 생긴다는 기사와 정보를 접할 때는 그게 어떤 것일지 궁금했는데 실제로 경험하니 참으로 묘했다. "밥을 먹어도 소용이 없잖아, 괜히 햄버거 시켰어."하고 후회하며 끝까지 먹고는 주변에 있던 귤을 집어 들어 향을 맡아 보았다. 향도 나지 않았다.

알렉스는 향초를 꺼내 들어 내 코에 갖다 대었다. 쿵쿵 냄새를 맡아보니 어디 저 멀리에서 향기가 나는 것도 같았다. 아주 아무 향도 나지 않는 것은 아니었지만, 저 멀리, 아주 멀~리에 향이 있으나 미처 다다르지 못하는 기분이 들었다. 답답하기도 하고 신기하기도 했다.

바로 두 번째 실험(?)을 했다. 바이러스로 고통받는 밤을 지낸 알렉스의 땀에 절은 겨드랑이에 코를 대어보는 것이었다. 그는 기겁했지만, 나는 아무 냄새를 맡을 수 없었고 그것은 엄청난 충격이었다. 겨드랑이에 코를 대고 아주 힘껏 코로 숨을 들이쉬었는데, 끔찍한 향이 날까 봐 걱정하며 들이마신 공기에는 아무런 향이 없었다. "좋은데? 냄새 못 맡는 거."라는 농담도 했다. 영국에서, 특히 지하철이나 마약 냄새가 찌든 거리를 걸을 때마다 냄새에 예민한 나는 숨도 잘 못 쉬는데, 이런 상실은 좋은 것 같기도 했다. 세상에는 악취만 있는 것은 아니어서 아름다운 여러 향기도 맡을 수 없다는 뜻이니 불편함은 있겠지만 말이다.

양성반응이 지속되던 월요일부터 일요일까지 일주일 동안이나 집 밖을 나가지 않았다. 외향적인 성향에 산책을 좋아하는 나는 이 사실이 견디지 못할 정도로 힘들었지만 내향적이며 집을 사랑하는 알렉스에게는 행복한 일주일이었다.

밖에 나가지 않는 동안 영국은 일 년 중 가장 더운 날씨를 기록했다. 30도로 정점을 찍었다가 다음 날 세찬 비와 함께 기온이 뚝 떨어져 18도가 되었다. 비가 오도독 소리를 내며 창에 맞는다. 창문을 여니 '솨아아' 하는 빗소리가 난다. 여름의 소리다. 한국에 있었다면 시원하게 내리는 비가 여름의 상징일 것이다. 영국에 있으니 비는 일상과 같다. 비가 오지 않는 햇빛의 날이 영국에서는 여름만의 특권이다.

집에 있으니 할 게 없었다. 영화를 보는 것도 지겹고, 책을 읽는 것에도 흥미가 떨어지고 말았다. 올해 초부터 읽던 〈해리포터〉 시리즈도 완독했으니 이제 새로운 모험을 시작해도 좋을 법한데 말이다. 집에서 하는 일이라곤 누워 있는 것뿐이다. 머리가 많이 아플 때는 책상에 앉아서 할 일을 하고, 수업을 하거나 밥을 먹고 다시 침대로 돌아와 눕는 자석 같은 삶을 반복했다. 주위 사람 중에 '집에 들어가면 바로 침대로 가서 누워 있어요'라고 말하는 사람이 있었는데 그 이야기가 진실일 수 있겠음을 이제야 알았다. 집에 가도 밤이 늦지 않으면 절대 침대 근처에 얼씬도 하지 않는 나 같은 사람이 아프고 나서야 그런 마음을 이해하는 것이다.

아픔은 늘 깨달음을 준다. 고통 없는 교훈은 없는 법이다. 침대에 고무줄이라도 묶어두고 나의 허리에 연결해둔 것처럼 나는 팅~팅~ 침대 밖으로 나갔다가 다시 슈루룩 하고 돌아오기를 반복했다. 침대 위에 누워서는 창밖의 하늘을 보고 나무가 바람에 흔들리는 것을 구경했다. 핸드폰을 열고 각종 SNS 화면의 스크롤을 올리는 일도 반복했지만 그럴수록 두통은 더 심해져서 오래 할 수 없었으니 그건 다행이라면 다행이다.

핸드폰을 내려두고 창밖의 하늘을 오래 쳐다보았다. 초록색 나뭇잎이 바람을 따라 흐느적거리며 춤추듯이 흔들거리는 것을 보니 갑자기 울컥해지며 눈물이 나려고 했다. 울적한 감정의 출처는 알 수 없었다. 머릿속에는 '살아있다'라는 문장이 떠올랐다. 살랑거리는 나뭇잎은 바람에 따라 움직이는 것뿐인데도 마치 살아있는 생명체처럼 활기 있게 춤추듯 보였다. 그 모습을 보니 작은 감격을 해서 눈물이 날 뻔했다. 스스로도 이해하지 못하는 감정을 느끼고는 우스워서 그대로 눈을 감고 어둠 속에 잠시 들어가기로 했다. 어둠 속에는 내가 자유로이 만들어도 좋은 창작의 세계가 기다리고 있었다.

여름 방학을 맞은 할 일 없는 초등학생처럼 하루를 보냈다. 침대에 누워 다리를 벽에 올려 두고 잠을 자볼까도 궁리했지만 자는 것조차 지겨워졌다. 좋아하는 외국어를 공부할까 하고 영상을 틀어두고 따라 말하기도 하고, 영화를 틀어두고 보지도 않으면서 소리만 듣기도 했다. 엄마에게는 여러 번 전화하고, 알렉스에게도 다른 방에 있는 그에게 자꾸 전화해서 영상통화로 '장거리 연습'이라는 농담으로 그를 슬프게 했다. 겨우 일주일 아팠을 뿐인데 병상에 누워 창작활동을 한 작가들의 생각이 많이 났다.

고등학생 때 도서관에서 우연히 발견한 시집(아쉽게도 제목은 기억이 나지 않는다)이 있는데 내 마음에 큰 위로를 주었다. '나는 몸도 제대로 움직일 수 없지만 글을 쓸 수 있어 행복하다'라는 말이 담겨있었다. 사지가 멀쩡하고 몸이 자유자재로 움직여지는 사람들은 병들거나 몸이 불편해지기 전까지는 건강의 소중함을 모른다. 상상하기도 힘들다.

잃어버리고 나서야 소중한 것들의 감사함을 깨닫는다. 잃어버린 후에는 그것들을 그리워하며 괴로워하는 것보다 더 이상 존재하지 않음을 인정하고 앞으로 나아가는 수밖에 없다.

다행히 나의 건강은 서서히 호전되고 있었다. 코로나가 약해져서 별거 아니라고는 하지만 목을 쓰는 직업이다 보니 소리 내어 말할 때마다 목이 아픈 증상만은 오래 가는 것 같아 걱정되었다. 나보다는 알렉스가 걱정이지만, 그도 나름대로 약을 잘 먹으며 바이러스와 싸우고 있으니 금방 나을 것이다.

고양이 키키가 운다. '야~옹'하고 방문 밖에서 계속 울었다. 나와 알렉스 모두 코로나에 걸렸으니 문을 열어줄 수 없었다. 고양이도 코로나에 걸릴 수 있다고 하니 걱정이었다. 키키가 계속 서글픈 음성으로 울자 결국 문을 살며시 열어 키키가 좋아하는 창틀에 갈 수 있게 두었다. 키키는 하얀 창틀 위에서 검은 꼬리를 휘-휘- 흔들며 문을 열기까지 오래 걸린 나를 탓하는 듯했다.

키키는 비가 오는 날엔 빗소리를 들으며 창밖을 바라봤고 해가 쨍한 날에는 햇빛을 온몸으로 받으며 길게 누워 검은 가래떡처럼 하고는 낮잠을 잤다. 말은 못 하지만 인간에게 '냐' 하고 울어 자기 의사를 표현할 수 있는 능력이 있어 다행이다. 키키는 문밖에서 자주 울었다. 문을 열어주면 쏜살같이 창틀로 갔다가 다시 관심이 사라지면 문 쪽으로 크게 뛰어내리고는 같은 소리로 울었다.

알렉스는 가끔 '어서 오세요, 손님! 오늘은 무엇을 드릴까요?'같은 헛소리를 키키를 향해 진지하게 해서 방심하고 있던 나를 빵 터뜨린다. 키키는 도도하게 방을 떠난다. 혼자서 문을 열 수는 없으므로 냐~ 하고 높은 소리로 울면서.

낭만적인 영국 기차 여행

여름이 길게 이어지던 어느 날, 영국에서는 철도 파업이 있었다. 30년 만의 최대 규모라고 하니 걱정이었다. 사흘간 이어지는 파업 기간, 기차가 주요 교통수단인 나는 발이 묶여 어디에도 가지 못하게 되었다. 몸이 좀 나으면 콧바람이나 쐴 겸 근처 역에서 기차를 타고 카디프나 바스로 놀러 갈까도 생각했지만 어려워진 듯하다. 한국에서는 기차를 탄다고 하면 꽤 먼 곳까지 가는 것을 상상하곤 했지만, 영국의 내가 살던 곳에서의 기차는 거의 지하철만큼 빈번히 이용되는 핵심 교통수단이다.

영국 시골 기차역에는 개찰구라고 할 것도 없다. 작은 담벼락을 지나면 바로 플랫폼이 있고 플랫폼 아래로 바로 선로가 보인다. 선로를 따라 기차가 폭폭 달려온 후 서서히 멈춘

다. 노란 불이 들어오길 기다렸다가 '열기' 버튼을 누르고 (마치 엘리베이터처럼) 문을 연 후 들어가 빈 좌석에 골라 앉는다. 한때 외지에서 온 사람인지 노란 불이 들어왔는데도 열기 버튼을 누르지 않기에 뒤에 있던 내가 눌러준 적이 있다. 그녀는 고맙다고 함박웃음을 지었다. 언제부터 나에게 기차가 그렇게 익숙해졌는지 모를 일이었다. 나도 외국인인데 남을 도와주고 있다니, 그럴 때면 살짝 적응한 기분도 들었다.

자리에 앉아 있으면 잠시 후 열차 승무원이 지나다니며 "기차표 좀 보여주세요."라고 말한다. 핸드폰을 꺼내 들어 인터넷으로 예매해둔 티켓 화면을 보여준다. 승무원은 바코드 리더기로 화면을 찍고 "감사합니다."라고 말하고 나도 인사를 한다. 그리고 승무원은 자리를 떠난다.

기차 안에서 보는 창밖의 풍경은 휙휙 바뀐다. 푸른 초원을 지나 주택가를 지나, 높은 건물이 많은 카디프로 들어서기까지 약 이십 분, 창밖에 떼 지어 있는 하얀 양과 갈색 말과 흰 소를 구경하다 보면 시간도 금방 흐른다. 기차는 한 시간에 한 대씩 운행하기 때문에, 정확한 시간에 맞춰 기차역으로 가야 한다. 카디프에 갈 때는 정시에 기차를 타고, 카디프에서 집으로 돌아올 때는 30분마다 출발하는 기차에 몸을 싣는다.

불편하다고 생각했던 것도 잠시, 적응된 후로는 시간 계산도 자동이다. 카디프에 간다고? 그러면 12시 30분까지 준비해서 집을 나간다. 기차역까지 15분 정도 걷는다. 기차역에 도착하면 45분, 운이 나쁘면 50분. 약 10분 정도 기차를 기다린다. 기차는 정시에 도착하거나 5분 정도 늦는다. 찌는 더위에 오래 기다려야 하면 짜증이 나지만, 늦는 것보다는 일찍 오는 게 낫다. 아슬아슬하게 도착했다가 늦었다가는 다시 한 시간을 기다려야 하니까.

기차를 탈 수 있는 평범한 하루였다고 가정해보자. 아침 일찍 일어나 알렉스에게 카디프에 가자고 설득한다. 집에 붙어 있고만 싶은 그에게 도넛 가게에 가자고 하니 솔깃한 듯 표정이 변한다. 그는 하는 수 없이 알았다며 내게 먼저 샤워하라고 권한다. 화장하는 데 시간이 오래 걸리니 합리적인 발상이지만 침대에 더 오래 누워 있고 싶은 나는 그의 등을 떠민다. 실랑이 후 결국 내가 먼저 샤워를 한 후 빠른 속도로 화장을 한다. 로션을 피부에 치덕치덕 바르고 마르기를 기다린 후에 다시 기본 화장을 한다. 눈두덩이에 분홍색을 입히고 입술도 붉게 칠한다.

마지막으로 제일 귀찮은 작업, 머리를 말린다. 머리가 길기도 하고 탈색을 여러 번 한 탓에 많이 상해서 잘 말려지지 않는다. 머리를 말리다가 포기하고 중간에 옷을 고르고, 또다시 말리다가 커피를 마시고, 다시 말리기를 여러 번 반복한다. 그러는 중에 문을 두드리는 소리를 듣는다. 알렉스는 벌써 준비 완료다. 샤워하고 물기를 닦은 후 옷을 입고 머리를 조금 만지는 게 다인 준비 과정이 부럽다. 나는 "잠깐만 기다려!" 하고 외치고 다시 머리를 신나게 말린 후, 빗으로 빗고 옷을 대충 입고 가방을 들고 방을 나선다. 정각에 오는 기차를 타기 위해 힘껏 걷는다.

평소에는 빠른 걸음으로 기차역까지 간다. 운이 좋으면 알렉스 엄마의 차를 얻어 탈 수도 있다. 그러면 더 빠르고 편하게 갈 수 있다. 한국에 있었으면 걸어서 역에 가는 모습을 상상도 할 수 없다. 걸어간다고 해도 운동 삼아서 그렇게 할 뿐이지 그게 유일한 이동 수단은 아니다. 보통 마을버스를 타고 역에 간 후에 바로 역 근처에서 놀거나 역에서 지하철을 타고 이동한다.

하지만 영국 시골 기차역에는 한국에서처럼 역 근처의 번화가를 기대할 수는 없다. 역 근처는 오히려 다른 곳보다 더

별것이 없다. 기차가 지나다니는 시끄러운 골목이 꺼려지는 건지도 모른다. 역마다, 혹은 한 걸음마다 일본에서 볼 수 있었던 음료수 자판기가 그리워진다. 휑한 역에 도착하면 기차를 조금 기다린다. 잠시 후 작은 경적과 함께 도착한 열차에 올라탄다. 열차 안, 북적이는 사람들 속에서 조용한 구석에 자리를 잡아 앉는다.

좌석에는 화장을 짙게 한 어르신, 틱톡을 촬영하는 십 대 청소년들, 아이와 함께 있는 부모 등 무척 다양한 사람들이 있다. 알렉스와 둘이 나란히 앉아 도란도란 이야기를 나눈다. 주로 '뭐 먹을지' 고민하는 게 전부다. 그에게는 몇 가지 아이디어가 있었다. 나는 되도록 찬성하고 싶지만, 가끔은 소극적인 태도를 보여 그를 안절부절못하게 한다. 결국 세 가지 정도로 추린 식당 중 내가 제일 가고 싶은 곳으로 가게 된다. 그는 카디프 근처에 살면서도 이토록 자주 카디프에 간 적이 없다. 내가 영국에 온 후로는 거의 매주 카디프에 간다. 그는 그것이 조금 불만이다.

나도 카디프가 특별히 좋아서 가는 것은 아니다. 카디프 말고는 근처에 내 고향 인천과 비슷한 도시 분위기가 나는 장소가 없다! 그저 커피 한잔하려고 기차에 오른다는 것이 조금 우스운 일이지만 사실 이런 이유다. 카페에 가서 시원한 음료를 마시며 한가히 시간을 보내는 일상이 그리웠다. 작은 강 옆 마을에 살며 자연의 아름다움을 만끽하는 일상도 좋지만 그렇게 자주 도시의 부름에도 응했다.

한국에 있는 지하철을 탈 때는 4, 5분에 한 번씩 지하철이 와서 간발의 차로 놓치더라도 여유 있게 기다리면 금방 다음 열차가 왔다. 한국에서 대학교에 다닐 때 마지막 학기에는 오토바이를 타기도 했지만 대부분 버스와 지하철을 이용했다. 개찰구에 카드를 찍고 들어가면 에스컬레이터를 타고 다시 올라가거나 내려가 플랫폼으로 간 후 열차를 기다린다. 빠른 속도로 달려오는 열차에 행여 사람들이 떨어져 다칠까 스크린 도어도 있다. 열차가 플랫폼에 닿으면 스크린 도어가 먼저 열린 후 열차의 문이 열린다. 내리는 사람들을 기다린 후에 들어간다.

한국은 미래 도시 같은 모습을 하고 있다. 우리는 그 안에 살고 있어 눈치를 채기 힘들지만, 밖에서 보면 끝도 없이 발전하는 신세계이다. 스크린 도어를 처음 본 알렉스는 무척 놀라고 때론 답답해했다.

2017년 여름, 처음 그가 한국에 온 날이었다. 한국의 모습에 낯설어하는 그를 보며, 평소에 내가 당연하다 여겼던 것들을 한 번씩 돌아보게 되었다. 반짝이는 지하철, 온통 새것 같은 기차역과 열차 내부는 무척이나 깨끗하고 냄새도 없다.

일본에 살 때도 지하철로 출퇴근했는데, 플랫폼에 도착하면 그저 텅 빈 곳에 열차가 들어와 문을 열면 그대로 탑승했다. 가로막는 것 하나 없이 위태해서 안전하지 못하다고 느꼈다. 그런 나에게 알렉스는 기차와 가까운 기분이 들어 오히려 그게 더 좋다고 말했다.

"스크린 도어가 없으면 사람들이 빠질 수도 있잖아."
"그럼 기차를 멈추면 되지."
"나는 스크린 도어가 있는 게 훨씬 안전한 기분이 들어서 좋은데."
"이해는 하는데 난 없는 게 더 좋아."
"기차에 대한 인식이 달라서 그런가?"
"내가 그냥 기차 덕후라서 그래."

알렉스는 기차를 정말 사랑한다.
한국에 처음 기차가 도입된 때의 분위기와 영국에 기차가 처음 만들어졌을 때의 상황은 많이 다를 것이다. 한국은 우리가 원해서라기보다는 다른 나라, 영국과 일본 등의 요구로 기차를 개통하게 되었다. 1900년 초에 경인선이 개통되어 인천과 서울로 사람과 물자가 쉽게 오가게 되었다. 인천의 항구에 배를 정박해두고 기차를 타고 서울로 자유롭게 이동할 수 있었을 것이다.

알렉스를 만나기 전까지 그처럼 기차를 사랑하는 사람을 본 적이 없다. 나는 필요에 의해서만 기차를 탔고 여행할 때도 딱히 기차 그 자체에 낭만을 느끼지는 않았다.

기차 여행을 사랑하고 기차를 좋아하는 한국인도 물론 많겠지만, 역사적으로 봤을 때 기차에 대한 시선이 처음부터 곱지만은 않았다. 살던 집과 논밭이 철도로 바뀌고 새보다 빠르게 지나가는 기차에 평범한 사람들이 치여 죽기도 하며 분노의 대상이 되기도 했다. 그럼에도 유익함은 많았을 것이다.

이광수의 소설 〈무정〉은 1910년대에 연재된 근대 장편소설로, 소설 속 중요한 순간에 기차 타는 장면을 그려 공간의 이동을 자유롭게 펼친다. 서로 다른 곳으로 유학길에 오른 등장인물이 기차를 타고 가던 길에 만나기도 하고, 기차가 잠시 발이 묶이는 동안 문제를 해결하기도 하며 화합하기도 한다. 1900년대 초 근대 문물의 상징이 바로 기차였던 셈이다.

한국과 달리 영국에서는 기차의 필요성을 느낀 자국민이 발명하고 스스로 개통한 것이니 자부심이 남다를 것이다. 기차의 발명과 함께 영국에서 산업 혁명이 시작되었다고 해도 과언이 아니니 말이다. 그토록 자부심 있고 친근해서인가 열차와 플랫폼 사이를 가로막는 그 무엇도 없다. 우리나라 지하철에서 볼 수 있는 스크린 도어가 흔치 않은 것이다.

영국의 기차역 플랫폼에 서 있다 보면, 누구라도 금방 뛰어내릴 수 있을 것 같아 겁도 난다. 게다가 선로에는 가끔 고양이가 서성이며 걷고 있어 '제발 피해 줘' 하고 빌게 된다. 쓰레기가 많이 쌓여 있는 선로를 보며 알렉스는 더럽다고 중얼거린다.

어느 날 강가를 걷다가 햇빛에 비치는 강물의 반짝이는 잔물결을 보고 '아름답다'라고 외친 적이 있다. 그는 그런 나를 보며 "넌 정말 나랑 다른 종류의 사람이야."라며 놀라워했다. 강가에 버려진 쓰레기들을 보며 더럽다고 생각하던 참이었는데 그건 신경도 안 쓰고 아름다운 것만 발견하는 재주를 감탄하는 것이었다. "쓰레기가 있었어? 우와~ 전혀 몰랐어."
"네가 그렇게 아름다운 것만 볼 때 난 더러운 것만 찾는 거
지." 우리의 성격 차는 때론 극단적이다.

　아름다운 것만 찾는 것이 장점이기도 하고 단점이기도 하
겠지만, 때론 주변 사람들에게도 그렇게 하자고 권하고 싶어
진다. 싫은 것도 더러운 것도 정말 많겠지만, 그래도 아름답
고 좋은 것들이 있지 않냐고 희망을 품자는 우스운 이야기도
하고 싶어진다.

　로마 여행을 사흘 앞두고 있던 날이었다. 무슨 옷을 입고
갈지 고민하느라 밤을 지새웠다. 알렉스에게 "넌 뭐 입을 거
야?"하고 물었다가 그의 아무 생각 없는 태도를 보고 놀랐
다. 그는 로마의 역사적인 유물을 볼 것만을 고대하고 있다.
나는 유물도 물론 좋지만, 로마의 아름다운 거리에서 재미있
는 사진과 영상을 찍어올 것을 솔직히 더 기대하고 있다. "젤
라또가 맛있대." 하자 그는 "그냥 아이스크림일 뿐인데." 하
고 초를 친다. 로마 관광에 관한 에세이와 책을 닥치는 대로
읽던 나는 "젤라또는 그냥 아이스크림이라고 하기에는 아까
울 정도로 맛있다던데." 하고 변명한다.

유럽에 사는 사람은 참 좋겠다. 부럽다. 비행깃값 20만 원이면 영국에서 스페인, 이탈리아, 프랑스를 자유롭게 갈 수 있다. 기차로도 물론 갈 수 있다. 그의 낙관적이고 태평한 태도가 이해는 간다. 나는 한국으로 귀국하면 다시 돌아오기 힘든 곳이지만, 그에게는 어릴 적부터 여행해 온 앞마당 같은 곳이 유럽이니 특별할 것도 없다는 태도다. 어린아이 때부터 스페인, 이탈리아, 프랑스 여행을 휴가철마다 다녀온 그에게도 로마는 처음이라 조금 설렐 법도 한데 말이다.

내 어린 시절의 여름 방학은 이름 모를 바닷가와 산으로 가득 차 있다. 도시 인간이지만 부모님과 친척을 따라 자연을 자주 접했다. 아주 가끔 일본 여행을 한 적도 있지만 해외여행이 어릴 때 그렇게 쉬웠던 것은 아니다. 해외여행이 한결 편한 유럽에 사는 사람들이 부러워진다.

영국에 워킹홀리데이로 올 때 겸사겸사 유럽 여행을 꼭 하라는 주변 사람들의 말은 들었지만 결국 실천을 못 했다. 대신 영국의 거의 모든 주요 관광 도시는 방문했다. 그리고 그 외에 딱 한 곳 가려는 곳이 로마다. 여행이 사흘 남은 시점에 비행기 표가 우리를 배신하지 않기를 빌며, 이탈리아어를 웅얼거려 본다.

그래도 이 여행을 계기로 이탈리아에 살고 싶어질지도 모를 일이다. 하지만 너무 더울 것 같아 벌써 겁이 난다. 한국에 반평생을 살고 나머지는 해외에서 떠다니며 살게 될 듯한 예감을 한다. 예감은 예감일 뿐, 한국 어딘가에 자리를 잡고 평생 살지도 모르지만 말이다.

낯선 곳으로의 여행은 늘 도전이다. 반복적인 일상에 작은 변화로 생기를 찾고 싶다. 작은 기차에 몸을 싣는다. 그리고 여행이 시작된다.

Part 3

로마의
뜨거운 휴일

Roman holiday

로마로 향하는 설레는 준비

　로마 여행을 앞두고 알렉스에게 계속 피렌체에 꼭 가고 싶다고 이야기해왔다. 피렌체를 배경으로 하는 영화 〈냉정과 열정 사이〉를 본 후 원작인 책을 두 권이나 찾아 읽어 본 적이 있었다. 왜 원작이 두 권이냐 하면 일본 작가 두 명이 하나의 스토리를 소설 속 주인공인 두 사람의 입장에서 쓴 까닭이다. 작가 츠지 히토나리가 남자 주인공의 입장에서, 작가 에쿠니 가오리가 여자 주인공의 입장에서 이야기를 썼다.

　영화를 먼저 본 후 책을 읽었지만 영화에서 본 피렌체의 붉은 거리와 골목 장면 장면이 아름답고 인상적으로 기억에 남아, 언젠가는 꼭 가보고 싶다고 생각했다. 영화 속 연인이 피렌체의 두오모 대성당 꼭대기에서 다시 만나는 장면은 잔잔한 영화 음악과 어우러져 환상적이었다.

피렌체는 로마에서 기차로 한 시간 반 정도면 갈 수 있지만 4박 5일의 빠듯한 여행 일정에 굳이 피렌체까지 가야 할 이유가 없다는 것이 알렉스의 의견이었다. 그에게는 역사적으로 어마어마한 전통 유적을 간직하고 있는 로마와 바티칸 시티(세계에서 가장 작은 나라)에 더 관심이 쏠려 있었다. 그럼에도 나는 반나절 정도는 피렌체에 갈 수 있지 않을까 하여 인터넷으로 줄곧 알아보았다.

하지만 항공권이 한 번 취소가 되고 4박 5일의 짧은 일정은 3박 4일로 더욱 줄어들었으니, 결국 포기할 수밖에 없었다. 3박 4일이라 해도 그중 이틀은 이동하다가 끝날 테니 결국 이틀뿐인 로마 여행인 셈이다.

줄어든 여행 기간에 침울해하는 나에게 알렉스는 훗날 떠날 여행의 '애피타이저'라고 생각하자며 쓴 위로를 건넸다. 내가 '가난한 대학생과 가난하고 시간도 없는 프리랜서의 짧은 여행인 거지.'하고 장난스럽게 받아쳤더니, 알렉스는 '애써 포장하려 했더니 현실적인 말을 하네.' 하며 상처받은 표정을 하기에 놀랐다. 포장이 필요할까? 가난한 여행은 나름의 매력이 있다. 모든 걸 마음대로 할 수 없는 여행만의 재미가 있을 것이다.

로마는 예술의 도시니 미술관에 많이 가서 좋은 예술 작품들을 실컷 보고 싶었다. 한 일본 작가가 이탈리아에 있는 미술관에 가서 큰 영감을 받았다는 인터뷰를 본 기억이 있다. 작가는 여행을 좋아하는 사람도 아니었고 귀찮게 여기던 사람이었는데, 편집자의 권유로 간 것이었다. 그리고는 미술관에서 고대의 작품들과 예술적인 그림들을 보며 무척이나 놀라고 감명받았다고 한다.

작가의 이름은 아라키 히로히코, 〈죠죠의 기묘한 모험〉이라는 만화를 그린 일본의 유명 만화가다. 이탈리아가 어찌나 좋았던지 만화의 배경으로도 종종 썼다고 한다. 그의 작품을 읽어 본 적도 없고 그에 대해 잘 알지도 못하지만, 예술을 존경하는 사람으로서 그의 마음을 알 것도 같다. 단순히 관람하는 것만으로도 영감을 받을 수 있을 것 같아 설렌다.

여행지에 맥북을 가져갔다가는 도난당하기도 쉽고 무게도 무거워 큰 짐이 될 수 있으니 카디프에 갔을 때처럼 아이패드와 키보드를 가져갈 작정이었다. 아이패드로 글도 많이 쓰고, 낙서나 그림도 자주 그릴 수 있으면 좋겠다고 생각했다. 매일 여행하고 돌아다니며 받은 인상을 그림으로 남기기를 꿈꾸었다.

그동안 알렉스와는 많은 여행을 했다. 일본에서는 일본어가 가능했고 영국에서는 영어로 당연히 소통할 수 있으니 여행하면서 언어가 걱정된 적은 없었다. 이탈리아에서는 당연히 이탈리아어를 사용할 테니 조금 긴장이 되었다. 파리에 갔을 때도 프랑스어를 열심히 공부했지만 정작 프랑스에서 사용한 말은 '감사합니다(Merci, 메흐씨)'밖에 없었다. 이탈리아에서도 영어를 잘하는 사람들이 많을 거라고 마냥 믿기보다는 그 나라의 언어를 될 수 있으면 사용하고 싶어서 혼자 조금씩 공부했다.

감사한다는 말은 그라찌에(Grazie)로 한국에서 다니던 대학교 내부에 있던 카페 이름과 같아서 알고 있었다. 그리고 가끔 이탈리아 식당에 가면 이탈리아인 손님과 직원이 하는 말 중에 딱 하나 알아들을 수 있는 게 '그라찌에, 그라찌에!'여서 속으로 반가워한 적이 있다. 이탈리아 사람들의 발음은 매우 강하다. 한국 사람들은 그러고 보면 참 단조롭게 발음하는 것 같다. 말을 할 때 언어의 높낮이가 꽤 적은 편에 속한다. 수도권의 경우는 특히 그렇다.

이탈리아 학생 중 한 명도 서울에서 살면서 내 한국어 수업을 듣고 있는데, 이탈리아어의 억양을 가지고 한국어를 할 때가 있어서 재미있다. 억양을 고쳐주려는 생각은 잘 하지 않지만, 발음을 교정해줄 때는 있다. 예를 들어 이탈리아어에서는 'H'를 발음하지 않아서(프랑스어나 스페인어도 그렇지만) 'hotel'을 '오뗄'로 발음한다. 그래서 한국어로 '학교'도 '악교'라고 발음할 때가 있어 그럴 때는 종종 수정해준다. 한국어를 정말 잘하는 학생인데도 가끔 자기도 모르게 그런 실수를 하니 신기하다.

부탁합니다는 영어로는 'please(플리즈)', 이탈리아어로는 'per favore(뻬르 빠보레)'인데, 입에 익게 하려고 산책하면서도 주문처럼 소리 내 말했다. 다행히 이탈리아어와 스페인어는 매우 닮아 있어서 (스페인어로 플리즈는 'por favor, 뽀르 빠보르'이다) 스페인어를 전공하기도 하고 스페인에서 유학하기도 했던 알렉스가 매우 쓸모 있을 것으로 예상되었다.

그날도 산책하다가 말이 많아져서 도중에 이런 대화를 나눴다. "네가 스페인어를 잘하고 이탈리아어는 스페인어랑 많이 비슷하니까 알아서 잘 통역해줄 거라고 믿을게." 그러자 알렉스가 "너랑 스페인을 같이 가고 싶었는데."하고 갑자기 아쉬운 듯 말했다. 스페인에 함께 갔다면 그의 진가(?)를 볼 수 있었을 텐데 유감이기는 하다. "칠월에는 스페인에 갈

까?"하고 넌지시 물어봤다가 그가 깜짝 놀라며 "여행은 로마로 충분해!"하고 물러서기에 그 말에 바로 납득했다.

언젠가 그의 활약을 볼 수 있는 스페인에 가기를 소망한다. 사실 스페인은 평생 관심을 가져본 적이 없는 곳이다. 중학생 때 외고에 진학한 친구들이 스페인어과에 간다고 했을 때 신기하다라고만 생각하고 별다른 인상을 가져본 적이 없다.

하지만 영국에서는 스페인을 바다 건너에 두고 있으니, 무척 가까워진 느낌이다. 한국어를 배우는 학생 중에도 스페인 학생이 있고, 또 멕시코 학생들도 스페인어를 사용하다 보니 스페인어에 점점 흥미를 갖게 되었다. 언어는 실제로 사용하지 않으면 별 의미가 없어서 공부를 실컷 해도 입 밖으로 한마디 내뱉는 행위가 없이는 큰 재미를 느낄 수가 없다.

영어도 마찬가지로, 글로 아무리 공부한다고 해도 소리를 내는 연습이 없으면 외국인과 만나 자유롭게 대화 나누기는 거의 불가능하다. 외국어로 대화할 수 있으려면 뇌까지 정보가 전달되는 듣는 영역과 입에서 언어를 비슷한 소리로 구사할 수 있도록 말하는 근육 발달이 중요하다. 그래서 의미도 모른 채 한국 드라마를 보고 말을 따라 하면서 공부했다는

학생의 발음이 무척이나 정확하고 글로 가르쳤을 때 배움의
속도도 빠른가 보다. 소리 위주로 배우는 것이 글을 읽어내
는 것만큼 중요하다고 언어를 가르치는 선생님으로서 생각
한다. 하지만 이탈리아에 가서 안내문이나 경고문을 읽어내
지 못한다면 그것도 불편하니 당연히 언어는 글과 소리 모두
중요하다.

　로마 여행을 가는데 미리 세운 계획은 거의 없었다. 호텔
과 항공권을 예약했고 콜로세움 유적지 입장표 예매가 전부
다. 나도 계획을 촘촘히 세우는 편이 아니지만 알렉스는 나
보다 더하다. MBTI(엠비티아이)라는 성격 검사에서 계획을
세우기보다는 즉흥적인 선택에 맡기는 걸 좋아하는 것이 P
유형이라면 계획을 먼저 세운 후에 그대로 되기를 바라는 사
람들이 J 유형이라고 한다.

　나는 즉흥적인 것을 좋아한다. 갑자기 떠나는 여행, 사람
들과의 우연한 만남을 좋아한다. 여행지에서도 걷다가 우연
히 발견한 가게에서 맛보는 처음 들어보는 이름 음식에 낭만
을 느낀다. 하지만 나와 반대인 성향도 있는 법이다. 어릴 땐
J 성향의 친구들의 철저한 여행 계획에 불만을 품은 적도 있
었다.

스무 살 초반에는 갑자기 다양한 사람들을 폭포처럼 만나다 보니 성향 차이를 파악하는 과정에서 다툼이 일어나기도 했다. 당시의 나는 왜 이렇게 시간별로 분별로 목적지를 따라가야 하며, 식당과 카페는 왜 먼저 정해두어야 하는지 납득이 가지 않았다. 하지만 동시에 매우 편하다는 생각도 들었다. 여행이 끝날쯤에는 미리 정해둔 대로 한 덕분에 안전하고 편안하게 여행을 마칠 수 있어서 다행이라고 생각하며 고마워했다.

내가 여행을 혼자 떠난다면 방식은 다음과 같다. 먼저 교통편을 예약한다. 인천에서 부산으로 간다고 가정하면 기차를 예매한다. 그리고 부산으로 가는 기차 안에서 호텔을 예약한다. 호텔에 도착하면 식당을 정하거나 어디에 갈지 간단한 영상이나 책을 보며 전체적인 그림을 그린다. 가장 가고 싶은 장소가 있다면 그곳을 제일 먼저 가고 그 후에는 흐느적거리며 그저 걷는다. 원체 느리게 걷는 편인 나는 동행하는 이를 답답하게 만들기도 한다. 알렉스는 나와 걷다 보면 다리가 아프다고 한다. 내 걸음 속도에 맞춰 천천히 걸으려다 보니 다리가 고생하는 모양이다.

혼자 떠나는 여행은 주변에 나를 맞출 필요도 없어 더욱 자유롭다. 그저 하고 싶은 만큼 걷고 방황하다 돌아온다. 이런 성향이다 보니 알렉스와는 사실 잘 맞다. 그는 계획 세우는 것을 그다지 좋아하지 않는다. 솔직히 나보다도 심하기에 놀랐다. 그의 대책 없는 모습에 놀라서 한 달 전부터 엑셀을 통해 대략적인 시간표만은 짜두기로 했다. 그조차도 그저 몇 시 항공, 몇 시 입국, 그리고 몇 시에 호텔 체크인, 그 정도가 다다.

나보다도 계획 없는 성향을 만나니 내가 계획적인 사람이 된 것 같아 나 자신이 낯설었다. 한때 어린 나에게 큰 스트레스였던 계획적이고 엑셀 파일을 만들어 분별로 여행 계획을 세우던 친구가 내가 된 것 같아 미안했다. 하지만 분별은 아니니 안심하기를. 나는 세 시간별로 대략적인 아이디어만 펼쳐 놓았을 뿐이다.

그리고 여행의 즐거움을 위한 중요한 요소 중 하나는 역사를 아는 것인데, 그것 또한 비행기에서 벼락치기로 공부해야 할 것 같았다. 여행 한 번 하는 데 준비해야 할 게 너무 많다. 언어와 역사와 여행지와 문화와 사람들의 성향까지. 한국에서 유럽으로 떠난다고 하면 더욱 준비할 것도 많고 마음 쓰이는 일이 많았을 것 같다. 다행히 그보다는 가까운 곳에서 움직여서 덜 부담스러운 마음으로 간다.

한 번 로마에 가고 나면 계속 로마를 보러 가게 된다고들 한다. 그렇게 될지 궁금했다. 로마는 그야말로 유명 관광지이며 소매치기도 많고 조심해야 할 것이 산더미지만 그만큼 뭔가 매력이 있고 좋은 점이 많으니 사랑받는 것이겠지. 가서 내가 무엇을 배우고 어떤 마음가짐으로 돌아올 수 있을지 기대된다. 다양한 경험을 하고 낯선 것에 주저 없이 부딪혀 보길 다짐해 본다.

뜨거운 여름, 로마의 콜로세움

환경이 사람의 성향을 결정할 수 있을까? 더운 나라 사람들은 추운 나라 사람들보다 더 활동적이라고 한다. 로마에 와서 처음으로 느낀 건 영국과 달리 사람들이 친절하다는 것이었다. 영국에서도 사람들이 차갑다고까지는 느끼지 않았는데, 로마에 오니 영국 사람들이 상대적으로 딱딱한 인상을 주는 이유를 알 것도 같았다. 지나가는 사람들이 웃는 얼굴로 '본 죠르노'라고 인사할 때마다 적응이 안 되어 한참을 느린 박자로 웃어야 했다.

늘 비가 오는, 여름에는 그나마 비가 덜 오는 영국과는 달리 여름에도 습기 없이 따갑도록 쨍쨍하게 햇빛이 쬐어대는 로마를 만나고 적응하기까지는 시간이 꽤 필요했다. 태양을 피해 그늘을 찾아 건물 안으로 걷거나, 건물 외벽 주위의 선선한 그늘 아래로만 걸었다. 여행객 중 한 아이는 그늘 밖으로 나가지 않겠다며 울고 있어서 엄마가 팔을 잡고 달래가며 억지로 그 아이를 꺼내(?) 가야 했다. 그만큼 그늘과 햇볕 아래 온도 차는 컸다.

로마에는 왜 이렇게 분수대가 많은가 생각해봤는데 여름이 이토록 덥기 때문이 아닐까 싶다. 물 주위에 사람들이 몰려든다. 시원한 물을 따라 모여 더위에서 조금이나마 생기와 기력을 회복할 수 있다. 아프리카에 온 것도 아닌데 로마에 와서 처음 느낀 거라고는 더위뿐이라니 참으로 황당했다.

함께 여행 온 영국 태생 알렉스는 "나는 이런 더위에 맞게 태어나지 않았어 (I'm not built for this weather)."라며 거의 울먹거렸다. 나 역시 한국에서는 여름마다 느껴온 더위이건만, 영국에서 지낸 2년간 선선한 여름에 길든 탓인지, 진짜 더위를 맛보자 정신을 잃을 듯 괴로웠다.

영국의 여름은 30도가 넘는 더위가 거의 없고, 한여름에도 20도거나 그 이하일 때가 많다. 영국을 떠날 때만 해도 17도였던 온도가 로마에 도착하자마자 갑자기 28도로 올라가니 따뜻함에 순간 기분이 좋았다가 이어지는 더위에 숨이 막힐 듯 답답하고 힘들었다. 공항에 도착하자마자 기차를 타고 시내로 들어가서 호텔에 체크인했다.

짐을 풀고 잠깐 쉬고 난 후 트레비 분수를 찾아 걸었다. 저녁 일곱 시였지만 어둡지 않았고 해도 아직 지지 않았다. 마치 한낮 같은 분위기에 거리에는 사람도 무척 많았다. 트레비 분수 안으로 동전을 던지면 다시 로마에 돌아올 수 있다는 전설이 있어서 부푼 마음으로 근처에 다가갔지만, 호텔에 동전이 든 지갑을 두고 온 사실을 깨닫고 시무룩하게 사진만 찍고 사람들의 무리를 벗어났다.

서서히 어둠이 다가왔다. 젤라또가 유명하다는 사실을 사전에 몰랐더라도 금방 느낄 만큼 관광지 주변에는 젤라또 가게가 많았다. 지나가는 사람들도 모두 아이스크림을 하나씩 들고 있었다. 고대하던 젤라또의 맛은 어떨까 두근거리는 마음으로 트레비 분수 바로 옆에 있는 가게에 들어가 아이스크림을 하나씩 샀다.

알렉스는 그가 가장 좋아하는 맛인 스트라치아텔라(작은 누더기라는 뜻으로 쿠키 조각이 섞인 바닐라 아이스크림)를 주문해서 맛있게 먹었다. 하지만 나는 주문한 맛과는 다른 아이스크림을 받아야 했는데, 손가락으로 가리킨 곳에 다른 맛이 있었다. 직원이 하도 상냥하게 웃으며 건네주기에 굳이

불평은 하지 않았다. 주문한 맛은 쿠키 앤 크림이었지만 손에는 쿠키 맛 젤라또가 있었다. 맛은 달고 좋았다. 야금야금 먹으며 호텔로 돌아가는 길, 서서히 배가 아파지기 전까지는 행복했다. 아픈 배를 부여잡으며 유제품에 속이 금방 상하는 몸인 걸 다시금 자각하고야 말았다.

호텔에 도착해서는 다음 날 일정을 토론했다. 알렉스가 '콜로세움'과 '포로 로마노' 그리고 '팔라티노' 세 관광지를 한꺼번에 예매했기에 일 순위로 방문하고 이곳들을 해치우면 나머지는 그때 가서 생각하자는 결론에 도달했다. 피곤했던 차에 복잡한 계획보다는 그게 나았다.

밤은 더웠다. 호텔 방의 에어컨이 고장이 난 모양이다. 한밤중에 너무 덥고 숨이 막혀 창문을 열었다. 수돗물을 마셔도 된다고는 들었지만 영국 수돗물보다도 맛이 더 이상해서 한 입 이상은 먹을 수 없었다. 다음 날부터는 귀갓길에 물 1.5L짜리를 각자 하나씩 사 들고 호텔로 돌아왔다. 다행히 에어컨도 고쳐져서 더운 밤은 첫날뿐이었다. 그때는 로마가 정말 싫었는데, 지나고 나니 또 별일 아닌 것 같이 느껴지니 신기한 일이다.

여행 첫째 날 (정확히는 둘째 날이지만 저녁에 도착한 후 하루 자고 나서 진짜 여행을 시작한 날) 아침이 밝았다. 계획한 대로 콜로세움에 먼저 가기로 했다. 로마 제국의 위대한 건축물 중 하나로, 거대한 원형극장 겸 스포츠 경기장이다. 로마 황제들이 대중에게 오락과 스포츠를 제공하기 위해 지은 곳인데 무척 효과적이었다고 한다.

호텔부터 콜로세움까지는 걸어갈 수 있었다. 로마는 런던과 비교하면 무척 도시 규모가 작아서 걸어서 이동해도 충분했다. 콜로세움으로 가는 길에 한국 식품이라는 이름의 한인 가게를 발견해서 잠깐 들어가 보기도 했다. 가게에서 옥수수 수염차와 녹차를 구매하는데 직원분께서 뭐라고 하시는 것을 못 알아듣고 되물으니 영어로 "5유로"라고 대답해주었다. 그제야 알렉스가 지갑에서 돈을 꺼내 건네주고 서로 "그라찌에, 땡큐."하고 가게를 나왔다.

알렉스가 의아하다는 듯이 "직원이 한국말 하는데 왜 못 알아들었어?"라고 물었고 나는 깜짝 놀라 "한국말이었어? 이탈리아말인 줄 알았어!"라고 대답하니 그가 "아니야. 오 뭐라고 했어. 한국어로 오, 숫자 5잖아."라고 하기에 나보다 그가 한국말을 더 잘 알아들어 당황스러웠다. 알렉스는 "직원이 한국인인 줄 알고 한국말로 했다가 아닌가보다 하고 영어

로 했나 봐. 그냥 한국 음식 좋아하는 동양인인 줄 알았나 보다." 하고 웃기에 억울함에 가게로 되돌아갈까도 생각했다.

큰 다리를 지나니 콜로세움이 보였다. 아침부터 떨어지던 빗방울도 금방 그치고 콜로세움 근처는 북적이는 사람들의 열기에 햇빛의 따가움까지 더해져 뜨끈뜨끈한 공기가 사방에 가득했다. 의례적으로 사진을 찍고, 주변에도 부탁하여 알렉스와 단둘이 사진을 찍기도 했다. 그는 사진 찍는 걸 좋아하지 않는 부끄러움 많은 성격이지만 이런 랜드마크 앞에서는 사진 찍기를 거절하지 않으니 그나마 다행이다.

콜로세움에 입장하기로 예매한 시간은 열한 시 반이었다. 입구가 어디인지 한참을 찾아 돌아다니다가 겨우 '그룹'이 아닌 '개인' 관광객 입구를 발견했다. 알렉스는 티켓을 내게 건네주며 "네가 더 웃는 얼굴이라 사람들이 좋아하는 타입이니까."라며 맡겼고 그 이후로도 사람 대하는 일은 내가 주로 맡아서 했다. 미리 걱정할 필요도 없었던 것이, 로마 사람들은 모두 친절했다. 한 사람도 찡그리거나 날카롭게 굴지 않았다. 단 한 명 바티칸 시티에 있던 식당에서 조금 딱딱한 표정으로 우리를 대했던 직원은 있었다. 하지만 그곳은 이미 구글 지도를 통해 리뷰 평점이 2점인 것을 보고 별 기대 없이 들어갔던 터라 '과연 그렇군' 하고 수긍이 갈 뿐 딱히 슬프거나 속상하지는 않았다.

콜로세움 내부에는 사람이 정말 많아 한 발자국 움직이는 것도 어려웠는데, 북적이는 구간에는 늘 여행 가이드가 서 있었다. 스페인어로 안내하는 사람도 있어 스페인어를 이해하는 알렉스는 매우 신기해했다. 로마에는 스페인 관광객이 무척 많았는데 그때마다 알렉스는 "스페인어! 또! 여기 왜 이렇게 스페인 사람들이 많은 거야?"하고 놀라워했다. 나는 대수롭지 않게 반응하다가, 나중에는 로마의 더위에 너무 지친 나머지 "스페인도 더운 나라니까 이탈리아의 더위가 딱히 힘들지 않아서 뭐 그냥 옆집 가듯 가보자 하고 오는 거 아닐까?" 하는 엉뚱한 추리를 하기도 했다.

콜로세움은 그야말로 경기장이라, 사람들이 격투하는 장소가 중앙에 있고 이를 원형으로 둘러싸서 마치 축구 경기를 관람하듯 경기를 볼 수 있는 좌석이 둥글게 배치되어 있다. 오래된 건물이라 모든 게 완벽하게 보존된 것은 아니었지만 그 흔적을 볼 수 있어 놀라웠다. 영국에도 비슷한 곳이 하나 있는데 한때 로마인들이 영국을 침략했을 때 머물던 곳에 숙소와 함께 원형 경기장을 만들어 둔 것이 있다.

알렉스의 조부모님이 사시는 곳 근처라 방문하던 날에 겸사겸사 구경했다. 당시만 해도 콜로세움의 미니 버전이라는 재미있는 설명이 크게 와닿지 않았는데, 직접 장엄한 크기의 원형 경기장을 마주하니 이해가 갔다.

여행지를 해설하는 가이드들의 소음을 피해 다니며, 우리는 포로 로마노로 향했다. 포로 로마노(Roman Forum)는 로마 제국 문명의 핵심 지역으로 이곳에서 공공 연설, 즉위식 등 국가적으로 중요한 일들이 행해졌다고 한다. 포로 로마노에 가는 길에 팔라티노 언덕(Palatine Hill)을 먼저 방문했는데 이때가 오후 한 시 정도로 해가 머리 꼭대기에서 사방으로 열기를 내려보내는 시간이었다.

어떻게든 건물 내부로 들어가고자 언덕 위에서 포로 로마노의 유적들을 곁눈질로 살핀 후에 팔라티노 박물관에 입장하기로 다짐하고 근처를 배회했다. 그런데 팔라티노 박물관 주위 그늘에 사람들이 쉬고 있는 풍경 뒤로 '임시 휴업'이라는 안내가 보였다. 멍한 표정으로 그늘에 합류한 후 간신히 한숨 돌린 후에 포로 로마노 유적지를 제대로 보기 위해 언덕을 천천히 내려갔다.

포로 로마노에는 옛 신전들과 회당으로 쓰인 장소 등이 남

아 있었다. 옛 신전 중 하나인 로물루스 신전은 고고학 박물관으로 쓰이고 있어서 들어가 보았다. 끓는 듯한 더위와 바글거리는 사람들이 없었더라면 충분히 시간을 들여 만끽할 수도 있었겠지만, 역시나 유일한 실내 공간인 박물관에 한 번 들어갔다 나오는 것으로 만족하고 지친 몸을 이끌고 다시 그늘을 찾아 유유히 걸었다.

이곳에서 로마 제국의 무수한 번영의 역사가 흘렀다가 몰락하기까지의 시간을 한 번쯤 마음 깊이 곱씹어 보아도 좋았으련마는, 연약한 두 관광객은 그늘 속에서 음료수 자판기를 발견한 것이 가장 기뻤다. 물 한 병씩을 구매해 벌컥벌컥 들이마시고 수분을 보충한 후에야 행복한 마음으로 "이제 나갈까?" "그래, 여기가 어떤 곳인지 대충은 알겠어 (We got the idea)." 이런 단순한 대화를 나누고 유적지를 빠져나갔다.

포로 로마노 유적지 출구 중 가장 외진 곳을 통해 빠져나온 우리는 근처 카페에 앉아 커피와 음료수를 마시며 휴식을 취했다. 로마 사람들은 여름이 오면 더위를 피해 해안가로 떠난다는데 우리는 더위와 함께 로마로 왔으니 한 걸음마다 축축 처지는 것은 당연했다.

카페에서 다음 목적지로 어디를 갈까 생각해보던 중 알렉스가 말했다. "우리가 원래 바티칸 시티를 내일 가려고 했잖아. 근데 일요일에는 바티칸 박물관이 문을 안 연다는데?" "마지막 주 일요일에는 연다고 하던데?" 의견을 나누던 중에 그가 갑자기 "그냥 오늘 갈까? 딱히 지금 할 것도 없고." "그래 그러자!" 그렇게 우리는 이탈리아 안의 작은 도시 국가인 바티칸 시티에 가게 되었다.

바티칸, 그곳은 교황인 프란치스코가 국가 원수로 있는 곳이며 이탈리아 영토 안에 있지만 이탈리아로부터 독립된 국가다. 로마 시내에서 지도를 보며 걷다 보니 어느새 다리 건너로 '바티칸'이라고 쓰인 표지판이 보였다. 무수한 인파를 따라 걸으니 경찰과 군인 여러 명이 커다란 안내문 곁을 지키고 서 있었다.

안내문에는 바티칸은 신성한 곳이니 짧은 옷이나 노출이 심한 옷을 입고 들어갈 수 없다고 쓰여 있었다. 다행히 나는 긴 분홍 원피스를 입고 있었고 알렉스도 무난했던 터라 별다른 문제 없이 들어갈 수 있었다.

경찰과 인사하고 몇 걸음 걸으니 바티칸 입국은 끝나 있었다. 그리고 세상에서 가장 작은 나라인 바티칸에서 우리는 예상치도 못한 유명인을 만나게 된다.

세상에서 가장 작은 국가 바티칸

　콜로세움에서 바티칸으로 가는 길목에는 나보나 광장이 있다. 광장은 길고 넓게 펼쳐져 있었고 세 개의 푸른 분수대에는 사람들이 모여 있었다. 가운데에 있는 분수대에 다가가 에메랄드빛으로 반짝이는 물의 바람을 느껴보았다.

　광장 주위로 멋진 로마의 건물들이 나란히 서 있어 안정된 기분이 들었지만, 쨍한 햇볕이 뜨겁게 내리쬐고 사람들도 북적인 탓에 오래 서 있지는 못하고 그늘을 향해 광장 구석으로 피해야 했다. 광장 끄트머리에 다다랐을 때, 작은 그늘이 살짝 생긴 분수대에서 잠깐 걸음을 멈추어 광장 전체를 둘러보았다. 그곳에서 보낸 시간은 아주 짧았지만 더위와 햇살 덕분에 나보나 광장에서의 찰나의 휴식은 아름다운 기억으로 남아있다.

햇빛을 피해 그늘진 주황빛 골목 사이를 성큼성큼 걸어가다 보니 거대한 다리에 다다랐다. 다리 아래로 테베레강이 흐르고 있었다. 다리를 건너다보니 강 건너편에 원통형의 천사의 성(Castel Sant'Angelo)이 보였다. 로마 황제의 무덤이었다가 로마 제국 멸망 후에 교황청의 성곽 겸 요새로 사용되었고 지금은 군사 박물관으로 쓰이는데 굳이 방문하지는 않았다. 멀리서 보는 것만으로도 로마 건축의 웅장함을 느낄수 있었다. 꼭대기에 있는 천사 조각상이 작게나마 보였는데 아름다웠다.

다리를 건너 '바티칸'이라고 쓰인 표지판을 따라 걸었다. 커다란 도로가 나왔다. 도로는 차가 지날 수 없게 막혀 있었고 인도는 경찰이 한 명씩 입장 확인을 하도록 길을 막아둔 상태였다. 경찰과 인사를 한 후에 무사히 한 발짝 내디뎠을 때 우리는 이미 바티칸에 입국해 있었다. 바티칸에 들어왔다고 갑자기 공기가 바뀐다거나 언어가 달라진다거나 하는 건 아니었다. 이탈리아어를 그대로 사용했고 거리의 모습도 비슷했다.

기념품 가게와 카페, 식당을 지나 걷다 보니 거대한 광장이 나왔다. 성 베드로 광장이었다. 성 베드로 대성당은 미켈

란젤로가 설계한 건축물로 가보고 싶은 곳이었으나 예약하지 못한 데다 다음날은 일요일이라 갈 수 없었다. 대신 커다랗고 둥글게 조성된 성 베드로 광장에서 성당의 외관만 구경할 수 있었다. 성당은 런던에 있는 세인트 폴 대성당의 돔형 지붕을 한 건축물과 굉장히 비슷한 모양을 하고 있었다. 하지만 광장의 규모가 남달랐으니, 최대 30만 명까지 수용할 수 있도록 지어졌다고 한다.

성당 가까이 다가갈수록 사람들이 늘어났다. 햇빛의 방향에 따라 그늘이 지는 곳도 있고 그늘이 아예 없는 곳도 있어서 우리는 최대한 그늘을 향해 걸었다. 그늘 안은 사람들로 북적였다. 알렉스도 무척이나 놀란 듯했다. "여기 사람들이 왜 이렇게 많지? 그냥 광장인데 무슨 이벤트가 있나?" 나는 "관광지라서 그런 거 아냐? 아니면 성 베드로 성당에 들어가려고 입장하는 줄이거나?"하고 대수롭지 않게 대답했으나 그는 "그렇다기엔 너무 많은데?"라고 중얼거리며 혼자서 핸드폰을 들고 열심히 찾아보기 시작했다.

그러더니 그는 갑자기 화들짝 놀라며 이렇게 말했다. "교황 프란치스코가 온다는데? 여기 야외 광장에서 미사를 한다는 거 같아. 라이브로도 방송된대!" 순간 이해가 가지 않아 여러 번 되물어야 했다. 교황은 영어로는 폽(pope)이라고 부르는데, 그 단어조차 익숙하지 않아 "폽이 뭐야?"하고 물은 후에 "가톨릭의 지도자! 바티칸의 국가 원수인 교황! 참, 윤정이 너희 아버지도 가톨릭이시라며! 아버지가 아시면 좋아하시겠는데." 하고 대답하기에 핸드폰으로 교황의 얼굴을 찾아 들고 "지금 이분이 여기에 온다는 거야?"하고 묻고 나서야 확답을 받고 내가 마주한 신기한 현실을 확실하게 자각했다. 교황 프란치스코를 로마 여행마다 볼 수 있는 것은 아니라고 하니 운이 좋았다.

하지만 교황이 오셔서 미사를 시작하는 시각은 여섯 시 반이었고 우리는 네 시에 그 사실을 알았으니, 갑자기 두 시간의 공백이 생겨버렸다. 이렇게 더운 날에 두 시간을 성 베드로 광장에서 마냥 기다릴 수만은 없는 일이었다. 먼저 카페에 가서 미사가 시작되기를 기다리기로 했다.

광장에서 멀지 않은 카페에 들어가 알렉스는 아이스크림을 주문해 먹었다. 나는 배탈이 날 것을 염려해 아무것도 먹지 않았다. 관광객이 많이 드나드는 곳이었지만 자리는 무척 비좁았다. 알렉스는 그때부터 내 눈치를 보는 듯했다. "다른 데로 갈까? 교황 기다리는 것 정말 괜찮아? 네가 싫으면 싫다고 말해도 돼. 나는 안 기다려도 괜찮아. 인생에 몇 번 없는 기회기는 하겠지만⋯." 그는 내 표정을 살피는 듯했다. 나는 더위와 피곤함에 지쳐있었을 뿐 교황을 보기 위해 기다리는 것에는 불만이 없던 터라 "무슨 소리야? 나는 이미 가족 단톡방, 특히 아빠한테 바티칸에 왔고 프란치스코 교황님 오는 거 기다리고 있다고 문자까지 보냈는데?"라고 대꾸했다.

그러자 그는 한결 안심한 표정이 되어서는 "그래도 자리는 옮길까? 차라리 식당에 갈까?"하고 물었다. 배가 많이 고프지는 않았지만 좁은 카페에 앉아있는 것보다는 나을 것 같아 길 건너편 식당으로 향했다.

로마에서 여행할 때도 식당을 미리 찾아보거나 예약하지는 않는데, 나름 탐험심이 충만하고 모험을 즐기는 호기심 가득 찬 우리였기에 가능했다. 그렇더라도 식당에 입장하기 전에는 되도록 구글 지도에서 평점과 후기를 확인했다. 식당 문 앞에서 평점을 찾아보니 2점이었다. 후기는 대부분 '불친절'하고 '가격이 비합리적으로 비싸다'라고 적혀 있었다. 바티칸은 작은 곳이라 식당과 카페의 선택지가 많은 것은 아니었다. 우리는 다시 로마 시내로 나갔다가 들어오는 불편함을 감수하느니 차라리 후기가 나쁜 바티칸 식당에 가기로 했다.

식당에 들어가자 직원이 마음대로 앉으라고 손짓했다. 식당은 셀프서비스였고 주문하기 위해서는 바 쪽으로 가야 했다. 바에서 마치 카페의 디저트를 고르듯 메뉴를 보고 음식을 골라야 했다. 앞사람이 돈가스처럼 생긴 음식을 주문하기에 "안녕하세요, 방금 주문하신 거 메뉴 이름이 뭐예요?" 하고 물었더니 그녀는 상냥하게 웃으며 "치킨, 치킨인데 빵, 빵에 이렇게 튀긴 거예요." 하고 조금 서툰 영어에 손짓을 섞어 친절히 대답해주었다.

이탈리아에서 여행하다 보니 영국에서보다도 이국적인 느낌을 많이 받은 것은 언어였다. 대부분 영어가 통하지만 영어를 잘하지 못하는 직원도 많았다. 호텔에 있던 한 직원은 영어를 아예 못했는데, 대신 알렉스와 스페인어로 소통할 수 있어서 원하던 조식 메뉴를 말할 수 있었다.

셀프서비스라는 복잡해 보이는 과정을 앞사람인 그녀가 하는 것을 보고 익힌 후 나도 비슷하게 따라 했다. 치킨가스로 보이는 것을 두 개 주문하고 감자튀김을 하나 더 부탁했다. 바에 있던 직원은 내가 주문한 메뉴를 접시에 담아 그대로 전자레인지에 돌려주었다. 참으로 성의 없는 방식이었지만, 구글 평점 2점을 속으로 되뇌며 기대를 버린 채 음료도

주문했다. 그리고는 계산대에서 음식 가격을 보고 깜짝 놀랐다. 정말 단순한 음식들인데 28유로나 한 것이다. 한화로는 약 4만 원어치의 음식값을 계산하고 나서야 말도 안 되게 비싸다는 구글 리뷰의 이유를 알겠다며 너털웃음을 지으며 알렉스가 있는 테이블로 돌아왔다.

넓은 식탁에 음식을 펼쳐 놓고 얇은 치킨가스를 썰며 불평하다가도 "그래도 그늘이 있는 곳에 앉을 수 있으니까 좋네. 에어컨도 틀어 놔서 시원하니까 좋네!" "그래 이건 휴식의 값이야. 시원한 에어컨과 앉을 수 있는 편리함에 낸 돈이지. 이 음식은 서비스 정도로 생각하자." 하고 쓴웃음을 지었다.

한 시간 정도 식당에서 기력을 회복하며 기다리다가 여섯 시쯤 다시 광장으로 갔다. 광장에는 아까보다 더 많은 사람이 기둥 옆 그늘에 서서 성당 쪽을 바라보고 있었다. 광장은 자세히 보니 성당으로 더 가까이 가기 위해서는 마치 공항처럼 보안 검색대를 거쳐야 했다. 배낭을 벗고 시계를 푸는 등 귀찮은 작업을 한 후 무사히 통과했다. 광장의 앞부분에 다다랐지만 그마저도 아주 가깝지는 않았다.

자리를 잡고 있는데 드디어 교황이 모습을 보이셨다! 교황이 등장했을 때 우리가 있는 곳에서는 마치 흰 점이 움직이는 정도로만 보여 약간 실망하기도 했다. 미사가 시작된 순간 여러 언어로 낭독과 찬양이 이어졌다. 해는 여전히 강렬하게 광장을 비추고 있었다. 여섯 시 삼십 분이 조금 넘었을 때 교황이 드디어 연설을 시작했다. 아마도 이탈리아어였을 테니 이해가 가는 구절은 하나도 없었지만, 교황과 같은 공간에 있다는 게 실감 나기 시작해 조금 들뜨는 마음이었다.

경건하고 엄숙해야 할 분위기지만 주변에는 떠들거나 이야기하는 관광객도 여럿 있었다. 슬슬 지쳐가던 중 알렉스에게 "이만 갈까?"하고 넌지시 묻자 그는 "지금 타이밍이 나가기가 좀 그런데…. 근데 사실 나도 이제 교황도 봤으니 됐다는 마음이긴 해. 기다리느라 너무 힘들었지? 햇빛 때문에 등도 엄청나게 탔네. 그러면 조용히 몰래 나가자."

우리는 광장 밖으로 조심히 걸어 나왔다.

바티칸을 나와 다시 로마 시내로 돌아왔지만 여전히 해는 쨍하게 하늘을 비추고 있었다. 해가 도무지 질 생각을 하지 않는 로마의 여름날이었다. 여름의 영국이 비가 평소보다 덜 오는 화창하고 선선한 아름다운 계절이라면 여름의 로마는 햇살로 가득 찬 무섭도록 뜨거운 계절이었다.

호텔로 돌아가기 전, 로마에서 가장 가보고 싶었던 장소인 스페인 광장에 가보기로 했다. 스페인 대사관이 있는 곳이라 이름도 스페인 광장(Piazza di Spagna)이라고 부른다. 이 스페인 광장을 배경으로 영화 〈로마의 휴일〉에서 오드리 헵번이 젤라또를 먹는 모습은 엄청 유명하다. 덕분에 지금도 관광객들이 많이 찾는다고 한다.

스페인 광장에는 스페인 계단이 있고 계단 앞에는 분수대도 있어 사람들이 여기저기 북적였다. 관광객이 있는 곳에는 빠질 수 없는 길거리 상인도 정말 많았는데, 대뜸 꽃을 내밀며 가격을 부르거나 어디 사람이냐고 물으며 대화를 유도한 후에 팔찌나 스카프 등을 보이기도 했다.

상인들은 대부분 아프리카 사람이거나 인도 사람이었는데 한 아프리카인 상인은 알렉스에게 "영국인이야? 독일인이야?"하고 물었고 알렉스는 영국인이 아닌 척, 영어를 못하는 척 "No, no"하며 피했다. 그러자 그가 "그럼 아프리카인이야? 나는 아프리카인인데." 하고 말하기에 순간 웃음이 터지기도 했다. 붉은 머리에 하얀 얼굴을 한 그가 아프리카에서 왔을 거라는 발상은 쉽지 않은데 재미있는 사람이었다.

다른 날에는 알렉스와 트레비 분수를 지나 걷던 중에 한 아프리카 상인이 우리를 보고 "Black and white, nice couple

(흑인과 백인, 좋은 커플이네)"라고 말했다. 빠른 걸음으로 지나친 후에 "왜 우리가 블랙 앤 화이트(흑인과 백인)야?"하고 황당해하기도 했다. 서로 다른 인종을 이야기하려던 의도는 알겠지만 졸지에 블랙이 되어버려서 조금 웃겼다. "내가 너무 탔나?"하고 벌겋게 익어버린 팔을 들어 보기도 했다.

스페인 계단을 한 칸 한 칸 조심스럽게 올라가 가장 높은 곳에 서서 아래쪽 분수가 있는 풍경을 바라보았다. 아름답다는 생각보다는 사람이 정말 많다는 생각뿐이었다. 서서히 해가 져서 주변이 온통 오렌지빛 노을로 물들어가기 시작했다. 아름다운 풍경일 법도 한데 사람이 하도 많다 보니 빈 곳이 거의 보이지 않아 아쉬웠다. 어색하게 웃으며 기념사진을 찍고 계단을 다시 한 칸씩 내려왔다.

알렉스는 나중에 말하기를 스페인 광장이 이번 여행에서 가장 별로인 추억이라고 했다. 나는 그래도 영화 〈로마의 휴일〉을 재미있게 봐서인지 광장과 계단이 무척 마음에 들었다.

저녁으로 피자와 파스타를 먹고 호텔로 무사히 돌아왔을 때 몸은 녹초가 되어 있었다. 여행은 3박 4일이지만 실제 자유롭게 돌아다닐 수 있는 날은 이틀뿐이었다. 이틀 중 첫날

에 콜로세움부터 포로 로마노, 바티칸, 스페인 광장과 트레비 분수 등 로마의 주요 관광지는 거의 다 돌아보았다. 하루 동안 너무 많은 곳을 다녀서 발이 아팠다. 둘째 날은 가볍게 판테온 신전에 가보기로 예약해두고 거창한 계획은 세우지 않은 채 잠이 들었다.

판테온과 함께 한
햇빛 가득한 로마의 마지막날

로마에서의 두 번째 밤이 무사히 지나갔다. 고장 났던 에
어컨이 소리소문없이 고쳐져 있어 시원하게 잠들 수 있었다.
첫째 날 밤에는 더위 탓에 녹초가 되어 갈증에 시달리며 잠
들었지만, 그걸 교훈으로 삼아 둘째 날 밤에는 물을 여러 병
사다가 곁에 두었다. 새벽에 깰 때마다 물병에 담긴 물을 마
시며 목을 적시고 버티며 간신히 아침을 맞았다.

조식 공간으로 마련된 카페테리아에서 아침으로 빵을 먹
고 커피를 마셨다. 이탈리아의 커피는 과연 평소에 먹던 커
피와는 맛이 달랐다. 훨씬 담백한데다 향이 풍성해서 맛있었
다. 따뜻한 커피를 마신 후 정신을 차리고 방으로 돌아와 다
시 옷을 챙겨 입었다. 오늘은 검은색 원피스를 골라 입었다.
어제 입은 진한 분홍색의 긴 드레스와는 다르게 짧은 길이에

어깨가 훤히 드러나는 민소매 원피스였다. 후에 판테온 신전에 가게 될 때 이 작은 노출이 문제가 될 줄은 꿈에도 모르고 야심 차게(?) 옷매무새를 다듬었다.

처음 향한 곳은 조국의 제단(Altar of the Fatherland)이었다. 이탈리아의 통일을 기념하여 만들어진 장소로 크기와 규모가 대단했다. 뜨거운 더위에도 제단 위의 붉은 불꽃 아래 보초를 서고 있는 근위병도 볼 수 있었다. 전망대를 제외한 공간까지의 입장은 무료였기에 계단을 올라 안으로 들어갔다. 말을 타고 있는 용감한 병사의 동상도 보였다.

로마에는 이렇듯 섬세하고 화려한 동상과 조각들이 많았다. 사소해 보이는 평범한 건물에도 언제나 천사나 아이나 사자 같은 동물의 조각이 있었다. 하도 흔하게 볼 수 있다 보니 처음의 감동도 사라져 나중에는 "와, 여기도 사자가 있네~" 하고 시큰둥하게 지나쳐버리게 되었다.

계단을 오르는 동안 알렉스는 옆에서 파더랜드와 마더랜드(Motherland)의 차이를 열심히 설명해주었는데, 너무 더워 귀에 들어오지 않았다. 파더랜드(Fatherland)가 여기에서는 조국인 이탈리아를 말하는 거라나 뭐라나. 뜨거운 햇살을 피할 만한 긴 그늘이 있어 그 아래 계단에 앉아 잠시 빈 곳을

바라보았다. 아침이라 전날 갔던 다른 관광지보다는 사람이 적어서 행복했다.

엘리베이터를 타고 올라가면 로마 도시 전경을 한눈에 볼 수 있는 엄청난 관광 포인트가 있는데, 당시 화장실에 갈 마음에 급해서 모두 무시하고 야외에 있던 엘리베이터를 지나쳐 후다닥 실내로 들어갔다. 지금 생각해보면 조금 후회가 되기도 한다. 높은 곳에 올라가서 풍경을 볼 수 있는 기회가 로마처럼 낮은 건물이 대부분인 전통적인 유럽 도시에서는 흔치 않은데 말이다. 다음에 간다면 조국의 제단에서 엘리베이터를 타고 전망대에 올라가 로마 전경을 감상할 수 있기를 바란다.

오후 두 시에 판테온 신전 내부로 들어가는 표를 예매한 상태라 그전까지 시간이 많이 남아 있었다. 딱히 갈 곳도 없고 심심해진 우리는 조국의 제단에서 조금 걸어서 판테온 신전 근처로 이동했다. 근처에 있는 카페나 식당에 가서 시간을 때울 작정이었다. 시계를 보니 점심 먹을 시간이 되어 먼저 식당에 들어갔다. 평소처럼 구글 평점을 확인하지 않고 야외 테라스 자리가 좋아 보이는 노란 간판의 식당에 들어가보았다. 식당 입구에서 환한 표정으로 맞이해주는 직원 덕분에 기분 좋게 자리에 앉았다.

곳곳에서 느끼지만 이탈리아 로마에서 직원들의 환영감은 남다르다. 영국과 정말 다르다! 행복한 표정으로 (서비스인 건 알지만) 웃어주기에 나까지 기분이 좋아진다. 영국에서는 인종차별로 나에게만 차갑게 대하는 게 아니라, 누구에게나 대부분 시니컬한 태도로 대해서 이런 행복한 웃음을 직원으로부터 보는 건 오랜만이었다.

영국에 있는 아이스크림 가게에서 아이스크림을 살 때 '피스타치오 맛이 있는지' 물었더니 전에는 있었는데 오늘은 없다며, 주문할 줄 알았으면 사두는 건데 하며 후회와 불평 어린 표정으로 손님인 내게 대뜸 하소연하는 상황이 연출되어 웃기고 놀란 적이 있었다. 평범한 식당에서 음식을 주문할 때도 직원들은 대부분 사무적인 태도여서 친근함을 느껴본 경험은 정말 드물었던 게 사실이다.

이를테면 자주 가는 일식집에서 한 여성 직원이 새로 생긴 듯한 카드 리더기를 들고 테이블에 오길래 나도 모르게 "It's new! (새것이네요!)" 하고 감탄했더니 그녀의 생기 없던 표정이 갑자기 밝아지더니 "맞아요, 새로 생겼어요!" 하고 웃어주며 180도 변한 모습을 보여 깜짝 놀란 적이 있다. 하지만

다음에 다시 같은 일식집에 방문했을 때 그녀는 다시 보통의 무표정으로 돌아와 역시 더 이상의 친밀도는 기대할 수 없다는 걸 깨달았다. 물론 영국에서도 친절하게 대해주는 따뜻한 직원들이나 사람들이 있지만, 로마에서는 그 친절함과 따뜻한 정도가 세상 다른 차원이었다.

이탈리아 학생에게 로마에서의 친절한 사람들에 대한 경험을 이야기하며 "이탈리아 사람들은 정말 정말 착하고 친절하네요! 저는 영국에 있어서 전혀 몰랐어요."라고 말하니 학생이 알려주기를 "이건 유명한 이야기인데, 유럽에서는 북쪽으로 갈수록 사람들이 정이 없고 차가운 편이고 남쪽으로 갈수록 친절하고 따뜻해요."라는 것이다. "그리고 이탈리아에서도 마찬가지로 북쪽보다 남쪽이 조금 더 친절한 사람들이 많아요." 하고 덧붙이기에 더 놀라웠다.

최근에 스웨덴에서는 초대받은 손님에게 식사를 대접하지 않는 것이 일반적이라는 이야기로 인터넷에서 소소한 논쟁이 있었는데, 그 이유를 깨달았다. 스웨덴도 북쪽 유럽 국가로 남쪽 스페인에서는 상상도 못 할 만큼 타인에게 과한 친절은 베풀지 않는 것으로 유명한가 보다. 스페인은 물론 가본 적이 없지만 사람들이 무척이나 상냥하고 따뜻하다는 평판이다. 일본에 교환학생으로 갔을 때 만난 스페인 친구들도 마음의 벽이 순식간에 허물어질 만큼 친화력이 좋아서 스페인에 대한 호감도도 무척이나 높다. 남유럽에 대한 애정이 솟아나는 로마 여행이었다.

자리에 앉자마자 직원이 바로 오기에 나는 까르보나라를 주문하고 알렉스는 햄버거를 시켰다. 까르보나라에 대한 안 좋은 기억이 사라질 수 있을 것인가! 한국에서는 까르보나라가 가장 좋아하는 이탈리아 음식이었는데 영국에 있는 이탈리아 식당에서 한 번 먹고 그 엄청난 느끼함에 실망한 적이 있어 이번에는 과연 어떨지 궁금해졌다.

한입에 궁금함은 만족감으로 바뀌었다! 적당한 짠맛과 달걀의 짙은 맛이 어우러진 훌륭한 맛의 까르보나라였다. 다만, 오래 먹다 보니 질려서 김치 생각이 나기는 했다. 이것은 나의 불치병(?)으로 이탈리아 파스타 탓이 아니다. 알렉스는 햄버거를 오래 먹다가 양이 많아 결국 몇 입 남기고는 식사를 마쳤다.

이탈리아에서는 영국과 달리 계산할 때 계산대로 직접 가야 하는 경우가 더러 있는 듯하다. 영국에서는 보통은 자리에 가만히 있으면 주문과 계산을 모두 할 수 있는데, 여기서는 계산하고 싶다고 하니 계산대로 와달라고 하기에 조금 당황하며 몸을 옮겨야 했다. 솔직히 편리한 건 이쪽이다. 한국에서처럼 쉽고 편하게 내 마음대로 적당한 타이밍에 계산하고 바로 나갈 수 있으니까. 영국도 이런 방식으로 바뀌면 좋겠다. 그래도 영국 식당에는 테이블에 붙은 바코드를 핸드폰으로 찍고 식당 웹사이트로 접속해 바로 주문과 동시에 결제하는 방식이 있는 곳도 있어 그나마 다행이다.

까르보나라를 먹고 식당에서 나와 몇 걸음 가니 카페가 나왔다. 판테온 신전에 입장하기까지 한 시간 정도 남아 있었다. 바깥을 배회할 것인지 실내에 들어가 에어컨 바람을 쐬며 쉴 것인가 하는 문제에 대해 서로 묻지 않아도 정해져 있는 답이 있는 것처럼 카페에 들어갔다. 자리에 앉자마자 또 상냥하고 활기 있는 직원이 나타나 메뉴판을 건네주었다.

가게 직원과 매번 사랑에 빠지는 나는 괜히 쓸데없는 말도 해가며 친근감을 나누었다. 아이스 커피와 콜드 브루 중에 무엇이 더 양이 많은지도 물었는데 그녀는 콜드 브루가 더 양이 많다며 웃으며 대답해주었다. 시원한 음료를 마시고 싶었기에 콜드 브루를 선택했다. 알렉스는 차를 마셨는데 티백과 뜨거운 물을 주기에 셀프로 우려 마셔야 했다. 이탈리아의 차는 셀프 방식인가! 하고 문화 충격을 받기도 했다. 한편 콜드 브루의 양은 절대 많지 않았는데, 다행히 맛이 너무나도 좋았고 차가운 얼음은 열을 식히는데 좋아서 한 시간 내내 조금씩 아껴 마셨다.

예약한 시간에 가까워지자 조급해진 마음에 카페에서 일어나 판테온 신전으로 향했다. 그리스·로마 신화라는 제목의 책이나 만화에 나올 법한 고대 신전의 모습을 한 건물은 앞에서 보면 세모난 모양의 지붕이 있었다. 두꺼운 여러 개의 기둥을 지나 안으로 들어가면 실내는 돔 형식으로 되어 있다. 천장에는 작고 동그란 구멍이 뚫려 있어 하늘을 볼 수 있고 그곳을 통해 빛이 들어온다. 알렉스와는 저 구멍을 통해 비가 들어오면 어떻게 될까에 대한 깊이 있는(?) 대화를 나누기도 했다.

판테온은 그리스어 '판테이온'에서 유래했다. '모든 신을 위한 신전'이라는 뜻이라고 한다. 서기 125년경 로마 황제 하드리아누스의 로마 재건 계획에 따라 기존의 아그리파가 완공한 판테온이 화재로 없어진 후 새로 세운 것이다. 중세에는 기독교 성당으로 바뀌었고 르네상스 시대에는 무덤이 되기도 했으며 근대에는 이탈리아의 왕들이 묻히기도 했다.

이탈리아는 현재는 왕이 없는 공화국이지만 1963년까지만 해도 왕정 국가였다니 신기하다. 한국도 그보다 몇십 년 전까지는 왕이 통치하던 국가였으니 조금은 비슷하다고 할 수 있으려나.

처음 판테온 신전에 들어갔을 때는 아름다운 장식과 내부의 조각이 섬세하여 놀라기도 했지만, 종교가 일관되지 않아 당황했던 것도 사실이다. 만약 한국에서 불국사에 들어가 본다고 하면 불교에 관한 탑이나 조각만 있는 것이 당연한데 판테온 신전은 세월의 흐름에 따라 하도 쓰임새가 다양하게

바뀌다 보니, 신전 내벽에는 여러 신들에 대한 조각이 있고 안에는 기독교와 관련된 예수님에 대한 조각과 그림이 있다.

성당에 있을 법한 의자도 있는 데다 한쪽에는 이탈리아 왕들의 무덤도 있다고 하니 혼란 그 자체였다. 관광지로서는 볼 게 많아 장점일 수도 있겠지만, 최초 건축한 사람의 입장에서 본다면 아쉬울 수도 있을 것 같다.

판테온 신전에 들어가기 전 입구에서 상인들이 스카프나 숄을 들고 내 쪽으로 무리하게 내밀기에 기분이 상해서 "Sorry (미안합니다)!"하고 외치고 피했다. 그때는 왜 이리 입구와 가까운 곳에 서서 스카프를 팔고 있는지 몰랐는데 곧 그 이유를 알게 되었다.

입구 앞에서 예매한 표를 보여주자 직원이 "입장하려면 어깨를 노출하는 옷을 입으면 안 돼요. 스카프로 가리고 들어오세요." 하고 단호하고도 정중하게 말하는 것이다. 바티칸에 들어갈 때 짧은 옷을 입으면 안 되는 것은 알았지만 판테온 신전까지 그럴 줄이야. 판테온이 관광지이기 이전에 성당이라는 사실을 잊었다. 종교적인 엄숙함을 지키기 위해 최대한 절제된 옷을 입어야 했다.

그제야 스카프를 내밀며 자신 있는 표정으로 10유로를 외

치는 인도인 상인의 얼굴이 눈에 더 잘 들어왔다. 그에게 현금으로 10유로를 주고 하얀 스카프를 구매한 후 입장할 수 있었다.

원치 않은 소비에 당시에는 기분이 조금 상했지만 나중에 영국으로 돌아와 알렉스의 어머니 로즈에게 선물로 줄 수 있어 다행이었다. 나는 스카프나 숄을 입어도 어울리지 않지만 로즈에게는 무척이나 잘 어울렸다. 로즈는 선물을 받고 뛸 듯이 기뻐하며 스카프에 새겨진 로마의 콜로세움 그림을 보며 행복해했다.

마지막으로 방문한 장소는 캄포 데 피오리(Campo de' Fiori)라는 재래시장이었다. 꽃밭이라는 뜻의 시장은 나보나 광장의 남쪽에 있었는데 기대를 품고 도착한 그곳에는 로마의 현지인보다는 주로 아프리카인과 인도인 상인이 많았다. 유럽의 인기 관광지에는 늘 여러 곳에서 온 상인들이 모인다. 더운 날씨에 천막 아래에는 다양하고 귀여운 가방이나 신선한 과일, 향신료들이 펼쳐져 있었다. 천막 사이 사이를 지날 때마다 '차오' 라던지 '본 죠르노'하고 인사하며 물건을 팔려는 시도하기에 천천히 구경하기가 어려워졌다.

한 바퀴만 돌고 빠져나가려던 찰나 하얀 밀짚모자 하나가

눈에 띄었다. 잠깐 시선이 머물자 상인은 기회를 놓치지 않고 내게 한번 써보라며 모자를 머리에 씌워주었고 거울을 내밀어 모습을 확인시켜 주었다. 마음에 들어 가격을 물었더니 "38유로"라고 했다. 너무 비싸서 바로 떠나려니 그는 "30유로"라고 가격을 변동했다. 그래도 비싸다며 안 살 거라고 하니 "25유로" "20유로" 계속 금액을 낮추더니 마지막으로 "15유로"까지 이야기했다.

그는 심지어는 옆에 있던 알렉스에게 "15유로에 팔게. 사줘." 했는데 알렉스는 처음에는 거부하더니 내 눈치를 살피며 "정말 마음에 들어?"라고 물었다. 결국 그는 지갑을 열었고 나는 졸지에 흰 밀짚모자를 그로부터 선물 받아 기분이 좋아졌다. "38유로라고 했지만 사실은 5유로까지도 낮출 수 있었던 거 아닐까?" 하고 아쉬운 마음이 들기도 했다. 이곳 상인들은 장사의 달인이었다.

시장 근처 식당에 들어가 잠시 휴식을 취한 후 다시 햇볕 아래 놓일 마음의 준비를 하고 밖으로 나왔다. 걷다 보니 트레비 분수에 또 다다랐는데 이로써 3일 내내 트레비 분수에 간 셈이다. 트레비 분수에는 갈 때마다 사람이 정말 많았고 매번 예쁜 사진을 담으려고 노력했으나 번번이 실패했다.

마지막 날에 가까스로 인파를 피해 분수 가까이 다가가 등을 돌리고 동전을 뒤로 던지는 시도에 성공해 정말 기뻤다. 속설로 트레비 분수에 동전을 하나 던지면 로마에 다시 돌아오게 된다는 이야기가 있다. 조금 덜 알려진 속설로는 만약 동전을 두 개 던지면 로마에서 연인을 찾게 되거나 로마에서 행복하게 결혼할 것이라는 말도 전해진다. 이렇게 세계 여러 관광객으로부터 모이는 동전의 규모는 하루에 약 3천 유로로 한화로 따지면 4백만 원 정도이다. 이는 로마의 자선단체에 기부되고 있다.

트레비 분수와 판테온 신전 사이 귀여운 골목 사이사이에는 상점과 카페가 많았다. 그중 한 아이스크림 가게 앞에서 발걸음을 멈추었다. 루치아노의 로마(Lucciano's Roma)라는 이름의 젤라또 가게였다. 평범한 이탈리아의 아이스크림콘과 함께 콜로세움의 모양을 한 귀여운 아이스바도 팔고 있었는데 한눈에 마음을 사로잡혔다. 평소에 줄을 서야 하는 가게에는 가지 않지만 줄을 서더라도 꼭 먹고 싶은 귀여운 모양이었다.

잠깐의 기다림 끝에 주문에 성공했고 알렉스는 콘으로 젤라또를 먹었고 나는 콜로세움 모양 아이스바를 먹었다. 피스

타치오 맛을 오랜만에 먹어 행복했다. 모든 일정을 마치고 돌아가려는 찰나, '진실의 입'에 가지 않은 것을 깨달았지만 피곤함과 귀찮음이 몰려와 다음날로 미루고 호텔로 향했다.

호텔에서는 당시 연재하던 에세이 레터인 <윤정노트>의 원고를 적어 보내느라 알렉스와는 잠시 떨어져 있었는데 그는 잠시 저녁거리를 찾아 나가더니 한두 시간 후에 맥도날드의 치킨 너겟과 감자튀김을 사 와서 감동을 주기도 했다.

우리는 우스갯소리로 "이탈리아까지 와서 누가 맥도날드에 간다고 맥도날드 표지판이 이렇게 많이 보이나"라고 말하며 돌아다녔는데 그게 바로 우리가 되었다. 행복한 하루를 마무리하고 로마 여행에 대한 원고를 보낸 후에야 마음 놓고 잠이 들었다.

다음 날, 지친 탓에 진실의 입은 결국 방문하지 못했다. 역에서 기차표를 끊고 공항까지 무사히 도착한 후에 비행기를 타고 영국까지 잘 돌아왔다. 영국에 도착하자마자 선선하고 추운 날씨에 팔을 감싸며 "로마의 더위가 그리워! 로마의 햇빛을 돌려줘!"라는 상상도 못 했던 말을 내뱉었다. 이미 여행은 천천히 미화되어 가고 있었다.

영국과 많이 다른 로마의 여름

한국에서 살 때 가장 좋아하는 계절을 말하라면 언제나 가을이나 겨울 혹은 봄이었다. 가을은 생일이 있는 계절이라 좋아한다. 선선한 공기와 높고 푸른 하늘이 가슴 뻥 뚫리듯 시원하고, 노랗게 변하는 은행나무와 단풍잎의 색깔이 아름다워 산책할 때마다 가을의 신비에 감탄할 수 있다.

시월을 지나 찾아오는 겨울의 추위는 또 극단적이라 마음조차 어는 듯한 기분에 오들오들 떨어야 하지만 하얗고 보송하게 내리는 눈만큼은 겨울을 아름답게 만들어준다.

삼월의 봄바람과 함께 피어나는 형형색색의 꽃들을 바라보자면 봄을 가장 사랑하는 사람들의 마음도 이해가 간다. 계절이 변할 때마다 지난 계절이 가져다주는 추억이 송송 되살아난다. 여름은 늘 더웠고 찌는 듯한 더위 한 가운데에 있다 보면 학교의 첫학기는 끝이 나 있었다.

학교에서 친구 만나기를 사랑하던 나는 방학이 좋지만은
않았다. 가을에 만나자 인사하고 집으로 돌아가던 여름날,
한 번도 여름을 좋아해 본 적이 없다는 걸 깨달았다. 한국에
서 지낼 때 여름은 늘 너무 더웠고 장마로 비가 오면 습한 공
기에 불쾌하기만 했으며, 친구들을 만나기 힘든 외로운 계절
이었다.

영국에 와서 여름을 세 번 지내보니 왜 대부분의 영국 사
람들이 여름을 좋아하는지 알 것 같았다. 가을과 겨우내 비
가 오지만 여름이 되면 햇빛이 비치고 하늘은 맑으며 주변의
건물과 공원, 산책하는 사람들의 얼굴마저 밝게 반짝인다.
비가 와서 굳게 닫혔던 마음도 살며시 열리고 밖으로 나가
활동할 생각에 마음이 설렌다. 가볍고 화려한 옷차림으로 뜨
끈하게 달궈진 시내를 돌아다니면 기분도 상쾌하다.

로마에서 보낸 여름은 영국에서와는 또 차원이 달랐다. 빗
방울 떨어지던 둘째 날 아침을 제외하면 내내 엄청난 여름
날씨였다. 태양을 피하려고 그늘을 찾아다녀야 했고, 더위에
약한 나와 알렉스는 로마를 온전히 즐기지 못한 게 아닐까
아쉽기도 하다.

더운 나라에서 보낸 며칠간의 나들이로 영국을 오히려 더욱 이해하게 되었다. "로마는 어땠어?"라고 묻는 말에 나는 세 가지를 주로 대답했는데, 첫 번째는 이것이다. "너무 더웠어요." 한국에서도 여름이 되면 로마 정도로 덥고 일본에서도 찌는 듯한 더위를 경험해본 적은 많았는데 로마에서의 더위가 더욱 파격적으로 느껴진 이유는 영국과 이탈리아를 같은 유럽권의 나라라고 착각했던 탓이다.

　유럽 안에서도 남과 북이 사뭇 다르듯이 날씨 역시 극적으로 달랐기에 영국에서 로마 여행에 관해 묻는 사람에게 "로마는 더워요. 여름이라 그런가 너무 더웠어요."라는 바보 같은 소감만을 내뱉어야 했다.

　영국의 여름은 덥더라도 30도 이상으로 올라가는 엄청난 더위는 일 년에 일주일 정도뿐이고 대부분 20도 언저리가 최고 온도이다. 로마에서 영국으로 돌아온 날에도 공항에 도착하자마자 기온이 35도에서 11도로 바뀐 것을 보고 사무라치게 놀랐다. 영국은 여름이 여행하기 가장 좋은 계절이다.

　처음 영국의 여름을 경험한 2018년 유월의 어느 날, 생각보다 런던이 시원해서 가져간 여름 옷들이 원망스럽게 느껴졌던 기억이 있다. 여름에도 언제 갑자기 빗방울이 떨어졌다

사라질지 모르니 영국에서는 사시사철 얇은 재킷 휴대가 필수다.

로마에 대한 두 번째 인상은 "사람들이 너무 친절했어요"였다. 로마 사람들은 대부분 웃는 얼굴로 상냥하게 인사를 해주고, 갑작스레 물어보는 질문에도 선한 어투로 명쾌한 답을 주었다. 로마에서 느낀 따뜻함은 눈물이 날 정도로 감동스러웠다. 모르는 사람들이 눈만 마주쳐도 "본죠르노(좋은 아침)"하고 인사해주니 이런 경험은 런던에서는 하기 힘들다. 런던 사람들은 대체로 무뚝뚝하다.

만약 런던에서 지나가던 사람이 내게 인사를 한다면 나는 도망칠 것이다. 수상하고 무서워서. 반면 알렉스와 살고 있는 동네에서는 가끔 인사를 건네는 어르신들이 있는데, 대도시가 아닌 작은 마을이라 자연스러운 일이다. 그래서 안심하고 인사에 대답할 수 있다.

영국 사람들의 인사말로는 "Hi (안녕)"보다는 "Alright? (괜찮아?)"라는 표현이 더 자주 쓰인다. 이유는 잘 모르지만 영국 사람들의 특성인 듯하다. 미국에서는 "What's up? (별일 없지?)"이란 인사말을 자주 쓴다던데, 일본에서 유학할 때 만난 미국계 친구들은 모두 "썹?"이라고만 인사를 해서 당황했

던 기억이 있다. 나중에야 인터넷을 찾아보고 "Not much (별일 없어)"라고 대답하는 게 최선임을 알고 앵무새처럼 '낫머치, 낫머치' 하던 때가 있었다. 친구들 말로는 딱히 대답하지 않아도 되는 무시해도 되는 질문이라고 하는데 잘 모르겠다.

미국 사람들은 내게는 여전히 미지의 영역이다. 물론 한국어를 배우는 미국 학생들이 꽤 있어서 학생들과 대화하다 보면 그들만의 높은 친밀도와 약간의 카리스마 등, 영국인에게서는 느끼지 못한 그 무엇이 존재한다.

로마에서 만난 이탈리아 사람들은 미국 사람들만큼 텐션이 높지는 않지만 사랑스러움이 묻어 있는 친절함 덕분에 한눈에 호감을 갖게 되는 엄청난 매력을 가진 것 같다. 다시 로마로 여행을 가게 된다면 로마의 유적지 때문이 아니라 상냥한 사람들의 영향이 클 것이다.

끝으로 내가 느낀 로마의 세 번째 특징을 꼽자면 "패션이 정말 달랐어요"인데, 비교 대상은 바로 영국이다. 영국 사람들은 비가 자주 와서 그런지 검은 옷이나 비에 젖어도 무방한 칙칙한 색의 재킷을 자주 입는다. 로마에서는 비가 올 것이라곤 전혀 상상도 못 하는 사람들처럼 옷을 입는 것을 보고 놀랐다. 하얀 셔츠나 밝은색 드레스는 기본이고 등이나 가슴팍 혹은 옆구리를 마구 노출해서 시원해 보였다.

예쁜 패션과 옷에 관한 이야기로 열을 올리는 나에게 로즈는 이렇게 말했다. "패션도 그렇지만 영국 사람들이 검은 옷을 많이 입는 이유는 비만이 많아서야. 어두운색 옷을 입으면 날씬해 보인다고 생각하거든…." 순간 깜짝 놀라서 "사실 저도 로마에서 느낀 게, 비만인 사람이 많이 없고 다들 엄청 날씬했어요. 더위 때문에 살이 빠지는 걸까요?" 하고 모든 현상을 날씨와 연결해 버리는 날씨론 중독자처럼 말했다.

알렉스가 "모든 게 날씨 때문은 아니지."라고 수습해주었지만 여전히 약간의 인과관계는 있지 않을까 생각한다. 온도가 높으면 땀도 많이 흘리고 날씨가 좋으면 야외에서 활동량도 많아지니 집에 앉아 있는 사람보다는 살이 빠질 가능성이 큰 것이다. 이탈리아가 패션으로 유명한 곳이니 무작정 더위와만 비교하는 것도 우스꽝스러운 일이기는 하다.

평소 패션에 관심이 많고 옷을 좋아하는 나는 로마에서의 휴가를 통해 소소한 영감을 받을 수 있었다. 영국에서는 옷을 잘 차려입고 나갈 날이 많지 않다. 카디프 시내에 나가거나 학교로 수업 가는 날 외에는, 집에서 한국어 온라인 수업을 위해 상의만 반듯하게 차려입고 하의는 운동복 차림으로 있을 때가 많다. 그러다 보면 자신의 꼬질꼬질함에 넌더리가 날 때가 많은데 잠깐의 여행을 통해 바깥바람을 쐬며 평소 안 입던 예쁜 옷도 걸치고 걷다 보니 살아있음이 다시금 느껴져 행복했다.

영국에서도 춥고 어두운 겨울에는 검은 패딩에 비를 피하는 바람막이만 입고 다니는 무리가 대부분이지만, 여름이 되면 여러 가지 색깔과 길이의 옷들이 나타나 눈이 즐거워진다. 옷으로 표현하는 자신만의 스타일도 나름 예술이라 생각하기에 여름에는 옷을 차려입을 기회가 많아 즐겁다.

한국에 돌아가면 매서운 추위로 롱패딩을 꺼내입기 직전까지 잘 차려입을 수 있는 절호의 기회가 있다. 가을을 놓치고 나면 다시 패션 무법자로 추위만 피하는 번데기처럼 살아가겠지만 겨울이 오기 전까지는 입고 싶은 옷을 맘껏 시도할수 있길 기대한다.

여름을 싫어했던 내가 영국에 와서 여름을 사랑할 수 있게 되었다. 자연과 가까이 사는 사람일수록 겨울보다 봄을, 봄보다 여름을 좋아할 것이다. 푸른 하늘과 녹색 나무를 곁에 두고 자연의 변화를 느끼며 살고 싶다. 여름의 더위로 깨어나는 꽃을 고맙게 여기고 나무가 자라나도록 내려주는 빗물을 사랑스럽게 여기고 싶다.

내가 가장 사랑하는 푸른빛 수국이 피어나는 여름이다. 비가 많이 내려 온 마을이 싱그럽게 물들었다가 갑자기 나타나는 따뜻한 햇빛에 놀라는 여름이다. 우리는 여름의 한 가운데에 있었다.

Part 4

영국은 처음이야,
한국 가족

Family trip in the UK

가족들이 영국에 온다

영국 워킹홀리데이 기간은 2년이다. 워킹홀리데이 비자로 체류할 수 있는 기간이 끝나갈 무렵, 가족들을 영국으로 초대했다. 처음에는 엄마와 동생만 오기로 했었다. 알렉스 가족에게 한국 가족이 온다고 말하자 로즈가 적극적으로 웨일즈의 집에 초대하시고 저녁 식사도 대접하며 하룻밤 묵어갈 수 있게 화장실이 딸린 안방을 내주겠다고까지 하셨다! 어쩌다 보니 점점 상견례(?) 같아진 만남에 엄마의 설득으로 나중에는 아빠도 영국 여행에 합류하게 됐다. 결국 8월 말에 가족 모두가 영국 런던으로 오게 됐다.

작은 가게를 하는 부모님이 오래 자리를 비울 수 없다 보니 단 1주일간의 여행이 되었다. 짧지는 않지만 비행깃값을 생각하면 왠지 부족한 일주일이 아닐 수 없다. 시간을 절대 낭비할 수 없다는 굳은 결심으로 열심히 여행 계획을 세웠다.

생각해보면 이틀만 더 영국에 계셨어도 좋았을 텐데 하는 아쉬움이 있지만, 부모님은 한국으로 돌아갈 즈음에 꽤 귀국을 기뻐하셨기(?) 때문에 (도대체! 왜!) 딱 알맞은 기간이었을지도 모른다. 여행 전에 부모님과 줌(Zoom) 영상 통화로 자료 공유해서 영국 여행 일정과 장소에 대한 정보를 나누기도 했다.

엄마는 한식을 좋아하고 국수 애호가이며 식당도 몇 번 차린 경험이 있다. 채소를 좋아하고 고기류는 별로 즐기지 않으신다. 알렉스네 집에 초대받고 엄마와 아빠, 동생이 어떤 음식을 좋아하는지 로즈가 여러 번 물었는데 그때 가족의 기호에 대해 아는 게 별로 없어서 대답을 시원하게 못 했다.

결국 엄마에게 연락해서 물어보았다. 알고 보니 엄마는 단 것과 대부분의 고기류를 못 드시는 거의 채식주의자였다. 덕분에 폴은 요리할 때 엄마를 위한 채식 메뉴를 따로 준비해주었다. 아빠는 단 걸 좋아하신다. 동생도 디저트류를 밥보다 좋아한다. 하지만 아빠는 먹는 양이 매우 적은 편이다.

사실상 첫 가족여행이었다. 바쁘게 살아오신 부모님께서

자식들에게 양보만 해온 까닭이다. 거의 처음으로 엄마, 아빠와 동생, 이렇게 온 가족이 다 같이 여행하니 삐그덕거리는 부분도 많았다. 첫째로 활동 시간이다. 엄마와 아빠는 아침형 사람이다. 아침 일찍 일어나서 오후 느지막이 피곤함이 몰려와 저녁쯤 되면 쉬기를 원하신다. 동생은 정반대이다. 야행성까지는 아니지만, 평소 같으면 오후에 일어나 저녁 늦게까지 시간을 보내다 밤늦게 잠을 청하는 편이다. 보통 나이 어린 대학생들은 대부분 이와 비슷할 것이다.

나는 강의를 아침 일찍 해서 강제적으로 아침형 인간이 되기는 했으나 쉬는 날에는 오후에 일어나기를 선호한다. 여행하는 날까지 아침 6시에 일어나고 싶지는 않았다. 부모님은 달랐다. 아침 일찍 일어나서 나와 동생을 하염없이 기다리는 부모님에게 미안한 마음이 들었다.

부모님과 우리의 두 번째 차이는 바로 낯선 음식에 대한 열린 마음이다. 평생 한식 위주의 식단으로 살아오신 부모님께 양식은 도전이었다. 동생은 여행을 왔으니 영국에서 먹을 수 있는 다양한 음식을 경험하고 싶어 했다.

마지막 차이는 쇼핑에 할애하는 시간이었다. 동생은 대학생이다 보니 학교, 동아리 등에 친구가 많았고 선물하고 싶은 사람이 많았다. 부모님도 친구는 많으시겠지만, 선물을 살 때는 간단하게 '펜 20개'와 '스카프 15장', 이런 식으로 실용적인 물건을 거의 도매상처럼 구매하셨다. 반대로 동생은 선물 하나하나를 사는 데에 심혈을 기울였다. 음악을 좋아하는 드럼 치는 친구에게는 드럼 스틱 모양 열쇠고리를, 디저트를 좋아하는 친구에게는 초콜릿을 선물했다. 이렇듯 제각각 다른 성향의 가족을 데리고 여행하기는 쉬운 일이 아니었다. 미리 세워 둔 계획은 이랬다.

8월 22일 월요일 저녁에 공항에서 가족들을 만나 기차를 타고 런던 시내로 온다. 호텔 체크인을 하고 쉴 사람은 쉬고 배고픈 사람은 저녁을 먹는다.

8월 23일 화요일 런던의 주요 명소를 둘러본다. 트라팔가 광장을 시작으로 내셔널 갤러리(미술관)에서 미술 작품 감상, 빅벤, 런던 아이와 같은 런던의 랜드 마크도 둘러본다.

8월 24일 수요일 1시간 정도 기차를 타고 옥스퍼드로 간다. 옥스퍼드 보타닉 가든(식물원)과 크라이스트 처치(대성당)에 가서 해리포터 촬영지 등을 구경한다. (계획상으로는) 식당에서 잉글리시 브랙퍼스트를 먹어 본다.

8월 25일 목요일 1시간 반 정도 기차를 타고 바스로 간다. 아름다운 도시 바스를 구경하며 로만 바스, 바스 수도원, 풀테니 다리(레미제라블 촬영지), 로얄 크레센 등을 구경한다. 시간이 되면 제인 오스틴 센터도 간다. 저녁에는 기차를 30분 정도 타고 웨일즈의 알렉스네 집으로 간다. 저녁 식사를 함께하고 공원을 걷는다. (어찌 보면 가장 떨리고 바쁜 날이다!)

8월 26일 금요일 알렉스네 집에서 아침 식사를 하고 (아침 식사 메뉴도 로즈가 여러 번 물어보고 확인했다) 계획대로라면 카디프 시내로 가서 카디프 성을 구경하고 애프터눈 티를 즐긴다. 그리고 런던으로 돌아간다.

8월 27일 토요일 런던의 노팅힐에서 토요일마다 열리는 포토벨로 로드마켓에 가서 진귀한 물건을 구경하고 쇼핑을 한다. 점심으로는 한식을 먹는다. 계획상으로는 타워 브리지에 가는 것만 해도 충분하다고 생각했다!

8월 28일 일요일 귀국 전 사실상 여행 마지막 날. 아침 11시에 버킹엄 궁전에서의 근위병 교대식을 구경하고 소호의 리버티 백화점, 코번트 가든의 길거리 공연을 구경한다.

8월 29일 월요일 코로나 검사를 하고 (현재는 폐지되어 할 필요 없다) 자유롭게 돌아다니다가 공항으로 간다. 비행시간은 저녁이지만

세 시간 전에 미리 도착한다. 부모님과 동생을 입국장으로 보내고

나는 다시 기차를 타고 돌아온다.

계획대로 되지 않는 런던 여행

　월요일, 공항에서 부모님과 동생을 만났다. 미리 준비한 '환영(Welcome)' 종이를 들고 흔들며 반겼다. 알렉스가 부모님의 짐을 모두 건네받아 들어주었다. 괜찮다고 사양하다가 마지못해 내주자 알렉스는 거뜬하다는 듯 짐을 들고 성큼성큼 걸어 나갔다. 공항에서 기차를 타고 런던 시내로 들어갔다. 런던의 켄싱턴(주거 지역이라 치안이 좋은 편이다) 쪽에 예약한 호텔에 체크인했다.

　피곤을 호소하시는 부모님을 호텔에 쉬게 두고 나와 동생과 알렉스는 늦은 저녁을 먹으러 어두운 밤거리를 나섰다. 동네를 한 바퀴 돌았지만 열려 있는 식당이 많이 없어 결국 호텔 바로 건너편에 있는 피자 익스프레스라는 식당에서 피자를 한 판씩 시켜 먹었다. 맛은 그저 그랬다. 피자 익스프레스는 영국 전역에 있는 체인점인데 2년 동안 살면서 한 번도 들어가 본 적이 없었다.

영국에서는 왠지 체인점이나 프랜차이즈 보다는 독립 식당에 마음이 끌리는 편이다. 메뉴 선정을 잘못한 탓인지 나와 동생이 주문한 피자는 맛이 별로라 알렉스의 피자를 몇 개씩 빼앗아 먹었다. 영국에서는 보통 잘 없는 일이다. 자신이 주문한 접시의 음식을 타인에게 내주거나 받아오는 행위가 말이다. 나는 '코리안 스타일'이라고 웃으면서 피자를 교환했다. 알렉스는 이젠 익숙한 듯 보였다.

화요일 아침, 일찍 일어나 핸드폰 액정 화면을 보았다. 엄마로부터 전화가 와 있었다. 엄마와 아빠는 아침 6시부터 기상, 호텔 방 안에서 기다리다가 7시가 되어 조식을 먹기 위해 전화한 것이다. 자는 동생을 깨워 '엄마와 아빠 조식 안내해주고 올 테니까, 너도 일어나서 준비해.'라고 말하고 급하게 신발만 구겨 신고 나갔다. 엄마와 아빠는 이미 말끔히 준비된 상태였다. 엘리베이터를 타고 내려가 호텔 식당으로 갔다.

작지만 아늑한 식당에는 직원들이 분주히 움직이고 있었다. 직원이 '좋은 아침(Good morning)'하고 인사하자 우리도 웃으며 답했다. 슬쩍 방 번호를 물어보기에 엄마 아빠의 방 번호를 답하고, 엄마에게 귀띔으로 '다음부터 방 번호(room number)를 물어보면 311이라고 대답해요.'라고 알려드렸다. 내가 동행하지 않아도 엄마 아빠가 식사를 할 수 있게 해드리고 싶었다. 엄마와 아빠가 접시에 빵과 과일 등을 담아 오는 것을 지켜보고 커피를 받거나 오렌지 주스 따르는 것도 도와 드렸다. 테이블 한 곳에 자리 잡고 앉아 더 필요한 게 없나 보다가, "이제 나도 올라가서 제대로 준비하고 올게. 수정이도 아직 자고 있으면 다시 깨워야 하고."라고 말하고 일어나 방으로 올라갔다.

역시 동생은 아직 자고 있었다. 동생을 깨워 준비시키고 나도 준비를 마치고 나니 9시 정도가 되어 있었다. 식당에 가서 아침을 먹고 나니 거의 9시 반이었다. 엄마 아빠는 아침 내내 지루하게도 방안에만 있어야 했다. 엄마 방에 노크하고 들어가 외출 준비가 다 됐다고 말하자 '드디어!'라는 반응이었다. 알렉스도 하루는 런던에서 여행에 동행하기로 했다. 여자친구 부모님과의 여행이라니 조금 긴장이 되었는지 말도 거의 없어진 알렉스였지만 최선을 다해 여행 내내 짐을 들어주거나 길을 찾아 주는 등 임무를 완수했다.

그가 제안한 아이디어대로 우리는 트라팔가 광장을 여행의 첫 출발지로 정했다. 넓은 광장에는 사자 동상과 넬슨 제독의 동상이 높게 서 있었다. 런던에는 여러 번 와서 트라팔가 광장 역시 감흥이 없어질 만도 한데 넓게 펼쳐진 공간이라 올 때마다 기분이 상쾌해진다. 광장 뒤편에는 내셔널 갤러리(미술관)가 있고 광장에 서서 앞을 보면 멀리 작게 빅벤이 보인다. 미술관에 입장해서 예술 작품들을 감상하고 난 후 빅벤을 보러 가는 것이 처음 세웠던 계획이었다. 하지만 계획은 변경되었다.

미술관에서는 작품을 감상하며 돌아다녔다. 아빠는 예상했던 것보다 그림을 좋아했다. 마리아가 아기 예수를 안고 있는 그림 등, 종교와 관련된 그림을 보면 가만히 서서 감상도 하시고 핸드폰을 꺼내 사진을 찍기도 했다. 옆에서 "아빠, 이건 레오나르도 다 빈치가 그린 그림이야."라고 말을 덧붙여도 "으응, 그래."라고 대답만 할 뿐 마음에 드는 그림 하나에서 눈을 떼지 못하고 있었다. 평소 부모님과 많은 시간을 보내 본 적이 없었는데, 여행을 통해 두 분의 성향이 어떤지, 무엇을 좋아하는지를 더 잘 알게 되었다.

미술관을 나오니 점심시간이었다. 배고픈 가족들을 데리

고 빅벤으로 바로 가면 행복한 여행을 할 수 없을 것 같았다. 나와 알렉스는 핸드폰으로 구글 지도를 뒤져가며 식당을 찾아보았다. 미술관 뒷골목으로 들어가면 '레스터 스퀘어'와 '피카딜리 서커스(교차로)'라는 또 다른 광장 공간이 나온다.

우리는 피카딜리 서커스로 향했다. 항상 사람도 차도 많은 곳이다. 전광판에는 영국에서 가장 핫한 회사의 광고가 흐른다. 나는 전광판을 가리키며 "저기 봐, 옛날에 저기에 BTS하고 삼성이랑 현대 광고가 있었는데, 오늘은 뭐가 나오나 보자."라고 외쳤다. 엄마와 아빠는 기웃거리시다가 '삼성 갤럭시' 광고 화면과 '현대 자동차' 광고를 보고 놀라고 반가워하셨다. 아빠는 가까이 다가가 사진을 찍기도 했다.

전광판의 맞은편에 있는 식당에 들어갔다. 한 번도 가본 적 없는 곳이었다. 한식도 아니고 그렇다고 영국 음식점도 아니었다. 햄버거와 파스타, 스테이크나 치킨 같은 것을 파는 평범한 식당이었다. 메뉴 선정은 쉽지 않았다. 나와 동생, 알렉스는 햄버거와 파스타를 주문했다. 엄마와 아빠는 한참 고민한 후에 고기와 채소를 볶은 음식을 골랐다. 드시면서 조금 짜다고 불평하셨다. 이때부터 "우리는 앞으로 한식만을 먹게 되겠구나!" 하는 예감이 들었다.

식사 후에 다시 미술관이 있는 트라팔가 광장으로 돌아왔다. 광장에서 직진하면 빅벤이 나온다. 빅벤을 멀리서부터 보고 점점 가까워지도록 빅벤을 향해 걸어가는 경험이 재미있고 좋을 것이라는 알렉스의 의견대로 걸어가기로 했다. 걷는 길에 말을 탄 군인을 보고 놀라서 사진을 찍기도 했다.

말은 영국 사회에서 매우 상징적이고 중요한 동물이라고 한다. 3천 년 전 고대부터 영국에서는 거대한 말의 형상을 그린 것이 발견될 정도로 말과 친근했는데, 영국 옥스퍼드셔주의 들판 위에 그려진 어핑턴의 백마가 그 대표적인 예이다. 영국의 엘리자베스 2세 여왕의 장례식 때는 여왕이 평소 아꼈던 조랑말인 에마(Emma)도 참가해 여왕의 마지막 여정을 함께 지켜보기도 했으니 말과 사람의 관계가 무척 가깝다는 것을 알 수 있다.

영국에 있는 동안 차도에서 말을 타는 사람들을 자주 보았다. 운전하던 차들은 천천히 속도를 줄여 말이 다치지 않도록 배려한다. 영국 경찰들도 실제로 도로에서 말을 자주 타고 다니며 공무를 집행하고, 군인들도 종종 행사를 위해 말을 탄다. 영국 집에서 사는 동안 말을 타고 산책하는 사람들을 많이 보았다. 처음 봤을 때는 신기하고 놀라웠지만, 점점 일상이 되어 커다란 말이 달그락달그락 걷는 것을 보고도 크게 유난 떨지 않게 되었다.

엘리자베스 타워는 빅벤으로 불리기도 하는데 빅벤이라는 시계 종이 있기 때문이다. 빅벤과 런던 아이를 좌우로 두고 템즈 강을 건넜다. 가족들은 랜드마크인 건물보다 강물에 비치는 햇살 보는 것을 더 좋아했다. 다리를 건너자 사람이 너무 많아서 괴로워하는 가족들을 보고 빨간 이층 버스를 타고 세인트 폴 대성당으로 향했다. 대성당에 입장하려면 한 사람당 20파운드를 내야 한다. 비싼 요금이지만 좋은 경험일 거라 생각하고 입장하여 성당 내부를 구경했다.

성당 내부에서 사진은 금지되어 찍을 수 없었다. 천장을 올려다보면 돔 형식에 기독교와 관련된 그림, 하나님의 천지창조 등이 아름답게 장식되어 있어 웅장함을 느낄 수 있다. 성당 지하에는 나폴레옹과의 전쟁을 승리로 이끌었던 넬슨 제독과 웰링턴 공의 무덤, 그리고 제2차 세계대전 당시 영국 총리였던 윈스턴 처칠 같은 영국 위인들의 묘비, 기념비가 있었다. 세인트 폴 대성당은 1981년 7월 29일에 당시 왕세자였던 찰스 3세와 다이애나 왕세자빈이 결혼식을 올렸던 곳으로도 유명하다.

성당을 나오니 3시가 조금 넘어 있었다. 특히 엄마가 지쳐 있었다. 카페에 앉아 잠시 쉬었는데 엄마가 돌연 '이제 호텔로 돌아가고 싶어.'라고 말해 깜짝 놀랐다. 계획대로라면 아직 남은 일정이 많았지만 그 길로 바로 호텔로 돌아갔다.

엄마와 아빠는 호텔에서 휴식을 취하고, 나와 동생과 알렉스는 남은 오후 동안 켄싱턴 정원을 걸었다. 하이드 파크와 켄싱턴 정원은 연결되어 있다. 친구 M과 런던에서 만났을 때 그녀가 소개해준 다람쥐가 나오는 장소를 지나 알버트 공의 기념비도 구경하고 다시 걷다가 라운드 폰드라는 연못도 보았다. 연못에는 백조와 오리들이 헤엄치고 있었다. 동생 수정이는 정말 행복한 듯 보였고 사진도 많이 찍었다.

옥스퍼드 여행과 하이드 파크 산책

 아침 일찍 일어나신 부모님은 꽤 오래 나와 동생이 일어나길 기다렸다. 무료하신 가운데 호텔 식당에 있는 직원들과도 안면을 트고 긴 대화를 나눈 모양이다. "영어로 대화하신 거예요?" 하고 물으니 그렇다고 한다. 대단하다고 칭찬해드렸다.

 나와 동생이 아침 식사를 하는데 직원 한 명이 와서는 "안녕? 너흰 부모님하고 밥을 같이 안 먹는구나. (하하 웃고) 오늘은 너희 엄마하고 아침에 대화 나눴어. 우리는 이제 서로의 '성'을 한자로 쓸 수도 있어."하고 말했다. 직원은 홍콩 사람이었다. 내가 놀란 표정을 지으며, 그러냐고 반응하자 주방에 들어가 흰 종이를 가져와서는 엄마와 필기로 대화한 흔적을 보여주기도 했다. 유쾌한 사람이었다.

후에 엄마에게 둘이 무슨 대화를 나눴냐 물으니 엄마가 먼저 그녀에게 "You look so happy (행복해 보이세요)."라고 말했다고 전해주었다. 외향적인 엄마는 어딜 가나 친구를 만든다. 반대로 내향적인 아빠는 분명 옆에서 미소만 지었을 것이다.

오전 11시, 기차를 타고 옥스퍼드로 갔다. 정오쯤 옥스퍼드역에 도착해서 마을을 걸었다. 흔히 옥스퍼드라고 하면 영국 최고의 명문대학교를 떠올린다. 영국의 대학교들은 한국처럼 대학 부지가 따로 있는 것이 아니라 대학 건물들이 도시의 다른 건물과도 조화롭게 놓여 있다. 옥스퍼드는 마을 자체가 학문을 위한 공간 같다. 런던에 처음 도착한 사람들은 상상한 것보다 백인의 비율이 낮아 놀란다고 한다.

영국에서 외국인 비율이 가장 높은 곳이 런던이 아닐까 생각했는데 실제로는 옥스퍼드에 사는 외국인 비율이 가장 높다고 한다. 세계 각국에서 옥스퍼드 대학교로 유학을 오기 때문에 유학생이 많다. 런던에서보다 아시아인의 비율이 높아 괜히 마음이 편안했다.

옥스퍼드 기차역에 내려서 중심지로 들어가는 길은 버스와 자동차가 많아 매연이 조금 심했다. 엄마는 코를 부여잡으며 불편한 기색을 내비쳤다. 우리는 바로 옥스퍼드 보타닉 가든(Oxford Botanic Garden)이라는 식물원에 가기로 했다. 계획한 장소 중 부모님이 가장 좋아하리라 기대한 곳이다. 실제로는 기대한 만큼의 좋은 반응은 없었지만, "드디어 맘 놓고 숨 쉴 수 있다"라며 좋아하시기는 했다. 엄마는 한국에서 세 번째로 큰 도시인 인천에 살지만 자주 좋은 공기를 마시러 자연이 살아있는 시골과 산으로 놀러 가신다.

영국이 공기가 좋기로 세계적으로 소문난 곳은 아니지만, 나름 런던의 그레이트 스모그(Great Smog, 1952년 12월 5일부터 9일 사이 5일간 런던에서 발생한 1만 명 이상이 사망한 최악의 대기 오염에 의한 공해 사건) 이후로 대기오염에 관해서는 상당히 민감하다. 영국에서는 나무와 녹지를 보호하는 것이 생명과 직접적인 연관이 있다는 걸 역사의 교훈으로 잘 알고 공원과 자연을 지키려는 많은 노력을 하고 있다.

식물원을 다 돌아보지는 못했다. 2021년, 알렉스와 옥스퍼드를 여행할 때는 식물원 거의 전체를 돌아봤다. 나이가 좀 있는 부모님은 금방 다리 아픔을 호소하셨고 우리는 벤치에 앉아 다음 목적지에 관한 이야기를 나눴다.

"지금 점심시간이니까 식당에 가서 밥을 먹어야 하는데 옥

스퍼드에서 꼭 가봐야 하는 크라이스트 처치(대성당)를 한 시 반에 예약해서 사실 시간이 많지 않아."

"여기도 한식이 있니?"

"한식 있지. 전에 가봤던 식당이 있는데, 잡채 정말 맛있던데. 거기 가려면 대성당에서 조금 멀어져서…. 그래도 괜찮을까?"

"그럼 뭐, 성당 가는 길에 밥 먹을 데 있나 볼까?"

핸드폰으로 지도를 검색해 가며, 우선 성당 쪽으로 걸었다. 시간이 없어서 마음이 조급해졌다. 카페 '폴(Paul)'을 발견하고 밥 대신 빵과 샌드위치로 식사를 해결하는 건 어떻겠냐고 제안했다. 다들 흔쾌히 승낙해서 카페에 들어갔다. 사람은 많이 없었고 우리는 빈자리에 앉았다. 엄마와 아빠를 우선 테이블에 앉게 해드리고 나와 동생은 메뉴를 보러 카운터 앞으로 갔다.

엄마는 아무거나, 아빠는 조식으로 먹었던 '폭신폭신한 빵'을 먹고 싶다고 했다. 아마도 크루아상을 말하는 것 같았다. 엄마에게는 샌드위치, 아빠에게는 크루아상을 주문해 드렸다. 동생은 식사보다는 디저트를 먹고 싶어 해서 디저트를 주문했다. 마실 음료로는 아이스티와 커피, 물 두 병을 샀다.

부모님과 여행하면서 식당에서 음식을 급하게 먹고 나가야 할 때는 음료로 물을 주문하고 조금 마시다가 가방에 챙겨 나가는 것이 경제적이고 효율적인 방법임을 터득했다.

식사를 마치고 크라이스트 처치를 향해 걸었다. 가는 길, 해가 쨍하게 비쳐 눈이 부셨다. 미리 입장표를 예매한 덕분에 긴 줄을 설 필요 없이 표를 받을 수 있었다. 성당 건물로 들어가서는 각자 자유롭게 돌아다녔다. 천주교 신자인 아빠는 오래된 건물과 성당 구석구석을 즐겁게 구경했다.

엄마는 오후가 되면 피곤해지시는 성향이라(이번 여행을 통해 알았다) 얼른 여행을 마치고 호텔로 돌아가고 싶은 눈치였다. 동생은 〈해리포터〉 소설은 물론 영화도 한 편 보지 않았기에 성당 안의 '그레이트 홀'이라는 이름의 식당이 실제 〈해리포터〉 영화의 촬영지라는 사실을 전혀 매력적으로 생각하지 않았다. 엄마와 아빠는 몰라도 동생까지 〈해리포터〉를 안 봤을 줄이야!

옥스퍼드는 가족들에게 아주 매력적인 여행지는 아니었던 모양이다. 원래대로라면 7시 기차를 타고 돌아가는 계획이었다. 하지만 현대적이고 깔끔한 쇼핑센터인 웨스트게이트 옥스퍼드(Westgate Oxford)에 잠깐 들렀다가 4시 기차를 타고 런던으로 돌아왔다. 호텔 방에서 잠시 휴식을 취하고 저녁 식사 시간에 다시 모이기로 했다.

저녁 시간, 부모님과는 한식을 먹었지만 동생은 밥을 먹지 않았다. 동생은 영국에서만 맛볼 수 있는 음식을 먹고 싶어 했다. 영국에는 맛있는 햄버거 가게가 여럿 있다. '어니스트 버거'라던지 '고메 버거 키친' 등이다. 한국에도 최근에 매장을 오픈한 '고든 램지 버거'도 있다.

개인적으로 가장 좋아하는 햄버거 식당은 '고메 버거 키친 (Gourmet Burger Kitchen)'이다. 매장도 깔끔하고 햄버거도 맛있고 직원들도 대부분 친절하다. 햄버거의 크기도 작지 않고 빵도 부드러우며, 알렉스는 이곳의 밀크 셰이크가 세계 최고라고 말한다. (난 밀크 셰이크를 먹지 않아 모르지만 그는 이 분야의 전문가이기에 꽤 믿을 만한 정보다) 체인점이어서 브리스톨과 런던 등 영국 전역에 매장이 있으며 숙소 근처에서도 쉽게 가게를 찾을 수 있었다. 동생에게도 적극적으로 추천해서 햄버거를 좋아하는 동생은 부푼 기대를 안고 갔다.

메뉴 중 치킨버거가 가장 맛있다고 추천했으나 한 입 먹고 나더니 다음에는 소고기 버거를 먹어야겠다고 말했다. 내 베스트가 동생에게도 베스트는 아니었던 모양이다.

나는 부모님과 저녁을 이미 먹었기에 배가 불러 감자튀김만 한 조각 먹었다. 동생이 천천히 햄버거를 음미할 동안 창밖을 보며 밖이 어두워지기 전에 안전히 호텔로 돌아갈 수 있어야 하는데 라는 생각을 했다.

해가 지기 직전의 런던을 좋아한다. 저녁을 먹은 한식당에서 조금 걷다 보면 켄싱턴 정원이 나오는데 전날 동생과 본 백조가 있는 라운드 폰드(Round pond)라는 연못에 가보기로 했다. 버스를 타고 가려던 부모님을 간신히 설득했다.

"여기도 공원이 크네! 그래도 우리 동네에 있는 공원이 더 크지."하고 엄마가 말했다. "엄마, 부평 공원 말하는 거야? 조금만 더 걸어봐. 여기는 어마어마해. 지도에서 보면 이 공원이 경복궁보다 더 클걸?" 하고 말했다. 엄마는 몇 걸음 걷더니 입을 다물지 못했다. 켄싱턴 정원은 런던 중심부에서 가장 큰 공원인 하이드 파크와 연결되어 있다. 도심에 자유롭게 드나들 수 있는 넓은 공원이 있다는 건 행운이다.

하이드 파크는 본래 영국 왕실 소유였던 공원으로 왕실의 사냥터였으나 1637년 대중에게 개방된 곳이기에 관리가 잘 되어있다. 런던에는 하이드 파크를 포함해 공원이나 녹지가 많다. 푸른 잔디밭 곳곳을 산책하거나 나무 아래 앉아서 책을 읽거나 연못을 바라보며 휴식을 즐기는 사람이 많다.

　영국을 여행하겠다는 친구에게 공원 투어를 추천하면 '굳이? 한국에도 공원은 있는데'하고 반문한다. 런던에서 경험하는 공원은 한국의 공원과는 좀 다르다. 한국의 공원은 아름답지만 잘 설계된 산책로 같다. 영국의 공원은 푸른 잔디를 밟고 어디로든 갈 수 있는 자유로운 공간이다. 친구와 돗자리를 깔고 피크닉을 즐길 수도 있다. 숲처럼 넓게 펼쳐진 푸른 자연에 파묻혀 현실의 시름도 잠시 잊을 수 있다. 무궁무진한 가능성이 있는 영국 공원에서의 하루는 진정한 휴식과 힐링을 느끼게 해 줄 것이다.

바스 여행 후 웨일즈에서의 상견례

영국 여행을 다녀온 후, 부모님께 영국에서 어디가 제일 좋았는지 여쭈어본 적이 있다. 엄마와 아빠는 입을 모아 "바스가 제일 좋았지."라고 대답했다. 당연하게도 바스였다. 모든 한국 사람들에게 바스가 가장 인기 있는 장소는 아니다. 아마도 런던이 가장 유명하고 스코틀랜드의 수도인 에든버러가 그 뒤를 잇지 싶다. 바스는 어찌 보면 숨은 명소다.

넷플릭스 드라마 <브리저튼>을 봤다면 로얄 크레센이라는 드라마 촬영지를 좋아할 수도 있겠다. 부모님과 동생은 영화나 드라마를 나만큼 즐겨보지 않는다. 로얄 크레센에는 여러 번 가봤기에 가족 여행으로는 가지 않았다. 엄마와 아빠의 체력의 한계를 가늠할 수 있게 된 이상, 바스에서의 일정도 저녁 7시가 아닌 오후 3시에는 끝내기로 정했다.

알렉스는 더 이상 여행은 함께하지 않고 웨일즈로 돌아가 나와 우리 가족을 맞이할 준비를 하며 기다리고 있었다.

정오쯤 바스에 도착했다. 바스 애비(수도원)를 지나, 풀테니 다리로 향했다. 풀테니 다리는 영화 〈레미제라블〉에서 자베르 경관이 강물로 몸을 던지는 장면의 촬영지로도 유명하지만 가족들이 봤을 리 만무하여 설명도 하지 않았다. 강에는 백조 한 마리가 물을 마시고 있었다. 엄마 아빠에게 강과 다리, 주변 경치가 어떠냐고 물었다. 좋다시기에 사진을 몇 장 찍고 점심을 먹으러 갔다.

이탈리아 식당에 가서 나와 부모님은 미트볼 스파게티를 각각 주문했다. 동생은 치킨 스테이크를 먹었는데 딱히 맛있지는 않았다고 한다. 스파게티는 20파운드 정도였는데, 한화로는 약 3만 5천 원이다. 예산보다 조금 비쌌지만, 좋은 경험이라 생각하고 먹기로 했다. 다만 아빠는 스파게티를 먹는 게 익숙하지 않아서 면을 몇 번 먹다가 포기하고 미트볼만 골라 드셨다. 나와 엄마는 그 모습이 웃겨 엄청나게 웃었다.

나중에 알렉스네 집에 가서 이 이야기를 하자, 로즈는 '아버지께서 엄청 비싼 미트볼을 드신 거야'하고 재미있게 받아치셨다. 아빠는 미트볼이 그나마 동그랑땡과 비슷한 맛이 나

서 좋았다고 한다. 동그랑땡과 미트볼, 비슷하긴 하다.

바스는 <오만과 편견>의 작가 제인 오스틴이 젊은 시절 잠깐 살았던 장소이기도 하다. 이런 이유로 '제인 오스틴 센터'가 있다. 지난해 알렉스와 바스에 갔을 때는 코로나로 센터의 문이 닫혀 있어 아쉬웠다. 이날은 다행히 센터가 문을 열고 있었다. 들어가니 중세 시대의 의상을 입고 있는 직원들도 보였다. 4시에는 기차를 타고 웨일즈로 가야 하는 빡빡한 일정 탓에 투어를 제대로 즐길 여유가 없었다. 일 층의 기념품 가게만 재빨리 둘러보고 나와야 했기에 무척 아쉬웠다.

웨일즈로 가는 기차를 타러 가기 전 슈퍼마켓에서 꽃 한 다발을 샀다. 로즈에게 줄 선물이었다. 기차는 바스에서 4시에 출발하여 4시 반쯤 웨일즈의 한 동네에 도착했다. 바스는 웨일즈와 무척 가깝다. 어떤 책에는 바스가 웨일즈의 한 지역으로 소개되어 있던데, 그건 아니다. 바스는 잉글랜드의 서쪽에 있고 브리스톨과도 가깝다.

웨일즈에 도착해서 차를 타고 마중 나온 로즈를 만났다. 로즈는 '안녕하세요!'라고 한국어로 말했다. 수백 번은 연습했을 것이다. 아빠와는 악수를 하고 엄마와는 포옹을 했다. 두 가족의 만남에 괜히 내가 더 떨렸다.

로즈의 차를 타고 대화를 나누며 이동하니 어느덧 집에 도착해 있었다. 집에는 영국 국기와 함께 한국 태극기가 여기저기 걸려 있었고, 한국어로 '웨일즈에 온 것을 환영합니다!'라는 글씨가 쓰여 있었다. 엄마는 '어머, 어머' 연신 감탄사를 내뱉으며 좋아하시고 동생은 핸드폰을 들어 사진을 찍으며 기뻐했다. 아빠의 미소도 보았다. 생각지도 못한 이벤트였는데 성공적이었다.

알렉스는 "Wales를 웨일스가 아닌 웨일즈라고 표기한 것이 윤정이 너의 주장이었던 걸 기억해서 웨일즈라고 썼어."라며 어깨를 으쓱하기에 잘했다고 칭찬해주었다. 국립국어원이 권장하는 표기법은 '웨일스'이지만, 개인적으로 영국 사람들은 '웨일즈'에 가깝게 발음하기에 그에 맞춰 쓰기를 선호한다.

도착하니 오랜 여행을 마치고 겨우 집에 돌아온 편안한 기분이 들었다. 쉬다가 저녁 식사 전 집 앞 공원을 다 같이 걸었다. 다행히 비는 오지 않았고 하늘은 맑고 풀냄새가 좋았다. 엄마는 마음껏 깨끗한 공기를 즐겼다.

웨일즈는 잉글랜드와 연결된 반도 국가로 1,680 miles (2,700km)의 해안과 높은 산과 절벽 등 수려한 자연경관으로 유명하다. 국립 공원이 세 개(스노우도니아, 브레컨 비컨스, 펨브로크셔 코스트)나 있어 잉글랜드 사람들도 푸른 자연에서의 캠핑과 휴양을 즐기기 위해 웨일즈로 오곤 한다. 이곳에 사는 사람들은 폐가 정말 깨끗할 것이다.

영국에 있을 때는 몰랐는데, 한국에 오자마자 공기가 확연히 다름을 느끼고 조금 답답하고 슬펐다. 창밖이 푸른 초원과 강물, 산으로 가득했는데 이제는 창밖으로 아파트 단지만 보인다. 엄마가 시간이 날 때마다 자연을 만나러 시골로 여행을 떠나는 이유를 알 것 같다. 도시에서 자란 아빠도 자연을 무척 좋아한다. 아빠는 알렉스네 집 앞에 있는 강가에 가서 물수제비도 하셨다. 이번 영국 여행으로 함께 많이 웃으며 즐겁게 지낸 덕분에 나와 부모님과의 사이가 조금 더 가까워진 것 같다.

웨일즈의 아름다운 바다와 카디프 시내 관광

금요일 아침, 웨일즈의 수도 카디프에 가려던 계획을 변경했다. 자연이 있는 풍경을 좋아하는 부모님의 모습을 보고 로즈가 새로운 여행 아이디어를 낸 것이다. 바닷가나 강가로 놀러 가는 건 어떠냐고 제안하셨다. 우리 가족을 위해 운전도 해 주신다고 하니 감사하고 죄송스러웠다.

웨일즈의 바닷가 마을 퍼나스(Penarth)에 가서 아이스크림도 먹고 바다도 구경했다. 카페에 앉아 차와 커피도 마셨다. 우리 가족 네 명과 알렉스네 가족 세 명, 그리고 강아지 한 마리를 모두 태우기 위해 차 두 대가 동원되어서 로즈와 폴이 한 대씩 운전해야 했다. 폴이 운전하는 캠핑카에는 강아지와 나, 알렉스가 탔다. 로즈의 차에는 엄마와 아빠, 동생이 탔다. 로즈와 부모님과의 대화를 동생이 종종 통역해주었다고 한다.

퍼나스 바닷가에서 시간을 보내던 중, 원래 갈 계획이었던 카디프와의 거리가 가깝다는 사실을 알게 됐다. 차를 두 대나 끌고 와준 로즈와 폴에게는 미안했지만, 부모님과 동생에게 카디프 시내를 구경시켜주고 싶다고 말했다. 로즈와 폴은 우리를 퍼나스 기차역까지 데려다주고는 각자 차를 몰고 집으로 돌아갔다. 퍼나스 기차역에서 카디프 시내까지는 한 정거장이었다. 카디프에 가서 가족과 꼭 해보고 싶은 일이 있었다. 바로 애프터눈티 세트를 함께 먹는 일이었다.

카디프 시내의 하이 스트리트 아케이드에 있는 바커스 티룸에 갔다. 내가 가장 좋아하는 찻집에서 엄마 아빠와 동생, 그리고 알렉스도 함께 차를 마시고 디저트를 즐기는 일은 꿈처럼 행복했다. 그 전에 일식집에서 라면과 치킨가스 도시락을 먹은 탓에 배부른 사람들은 디저트를 많이 먹지 못했지만, 모든 경험이 뜻깊었다.

영국에 와서 카디프 시내를 2년간 거의 매일 돌아다녔다. 고향과도 같은 곳에 엄마, 아빠와 동생이 함께 있으니 신기했다. 애프터눈티 세트에는 스콘 두 개와 샌드위치, 케이크와 마카롱 등이 있었다.

보통 샌드위치를 먼저 먹은 후에 스콘을 먹는 것이 영국에서 국룰(국민이 인정하는 규칙)이지만 배부른 사람은 샌드위치를 먹지 않고 스콘을 먹었다. 스콘을 잘라 잼부터 바르고 크림을 올려놓는 방식으로 알렉스가 직접 제조(?)해주었다. 한 사람 한 사람을 위해 스콘에 정성스럽게 잼과 크림을 입혔다. 뜨끈할 때 먹는 스콘 맛은 일품이었다.

마지막으로 카디프 성을 방문했다. 카디프 성의 실내까지 입장할 정도의 체력은 이미 남아있지 않았다. 성문을 지나 야외에서 카디프 성을 멀리서 구경하고 사진 몇 장 찍는 것으로 만족하기로 했다. 이때 동생은 역시 여유로운 개별 행동을 즐기느라 함께 있지 않았는데, 동생이 카디프 성 쪽으로 왔을 즈음에는 성문이 닫혀 입장할 수 없어 아쉬웠다. 물론 동생은 시크한 성격이라 아쉬워하지는 않았고 나 홀로 아쉬워했다.

카디프 시내 구경을 마치고 기차를 타고 런던으로 돌아왔다. 해 질 녘에 출발해 돌아오니 깜깜한 밤이었다. 호텔로 들어가 피곤한 몸을 눕히고 긴 잠에 빠져들었다.

런던 타워 브리지에서 피시 앤 칩스를 먹다

토요일 아침, 전날 푹 잔 덕분에 쌓였던 피로가 풀렸다.

처음 계획은 노팅힐로 이동하여, 토요일에 열리는 포토벨로 로드마켓이라는 길거리 마켓을 가보는 것이었다. 하지만 사람이 많고 복잡해서 알렉스네 부모님은 추천하지 않았다. 마지막까지 고민하다가 동생에게는 보여주고 싶은 나름대로 '힙'한 곳이기에 결국 가기로 했다.

도착하자마자 거리에 쏟아지는 인파에 놀랐다. 마켓 구역에 들어가기도 전에 동생은 영국 밴드의 티셔츠나 작은 기타 모양 열쇠고리 등의 음악 관련 기념품 가게에서 눈을 떼지 못했다. 동생과 함께 가게에 들어갔다가 부모님이 사라진 걸 알고 급하게 나왔다. 동생에게는 '편하게 보고 나와' 하고 다정하게 말했지만 밖에서 기다리는 부모님을 생각하면 발이

동동 굴러졌다.

동생은 동생대로 느긋하게 쇼핑했다. 국문과 재학생인 동생은 대학에서 밴드 동아리에 소속되어 종종 공연을 한다. 동아리 친구들을 위한 선물을 사는 모양이었다. 밖에서 기다리던 부모님과 사진을 찍다가 길을 따라 걸어가 보기로 했다. 동생에게는 '길 따라 쭉 오면 되니까, 쇼핑 마치면 와.' 하고 문자를 보냈다.

엄마와 아빠는 빠른 걸음으로 걸었다. 도중에 두 분을 놓쳤다가 겨우 따라잡기도 했다. 엄마와 아빠도 기념품 가게에서 걸음을 멈추고 구경했지만, 마땅히 사고 싶은 선물을 발견하지 못해 보였다. 부모님이 내내 기다릴 동안 동생이 오지 않자 결국 동생에게 전화를 했다. 엄마는 "내버려 둬, 충분히 시간 가지고 고민하게. 뭘 애를 재촉해."하고 나를 말렸지만 조급했던 나는 동생에게 "엄마 아빠 기다리시는데, 그냥 얼른 와."하고 다그쳤다. 동생은 알겠다며 그 길로 쪼르르 와서 합류했다.

나이만큼 성향도 기호도 다른 우리가 동행하고 있다는 자체가 기적(?)이라고 여행 내내 느꼈다. 서로 원하는 게 다를 때마다 부모님께서 양보해줄 때가 많아 감사했다. 하지만 여행 안내자 입장에서는 모두에게 미안한 마음이 들었다.

점심시간이 다가와 한식당을 찾아 걸었다. 우선 부모님이 어딘가에 편하게 앉았으면 좋겠고, 그동안 동생이 편하게 시간을 들여서 쇼핑할 수 있으면 좋겠다는 두 가지 생각이 충돌했다. (두 세계관의 대충돌!). 합의점은 '다 같이 밥을 먹은 후에 엄마 아빠가 식당에서 쉬는 동안, 동생을 방금 갔던 음악 관련 물건을 파는 가게에 데려가 쇼핑을 하게 해 주자'가 되었다.

한식당은 노팅힐을 방문할 때마다 자주 갔던 '불고기'라는 가게였다. 알렉스와도 같이 가고, 혼자서도 종종 갔던 곳이었다. 부모님, 동생과 자리에 앉아 한국어로 왁자지껄 떠들며 메뉴를 정하고 주문하는 동안 직원은 아무 말도 없었는데, 김치찌개를 건네주며 갑자기 한국말로 "국자랑 앞접시도 드릴까요?"하고 묻는 것이었다.

전에는 그 직원과는 한 번도 한국어로 대화해본 적이 없었다. 한식당의 직원은 한국인이 아닐 때도 많아서 굳이 내 쪽에서 한국말로 섣부르게 인사를 건네지는 않았다. 순간 "네, 감사합니다"라고 대답하면서도 '한국인이셨구나' 하고 놀란 마음을 감추지 못했다. 그동안 혼자 방문했을 때마다 한국인

인 줄도 모르고 영어로만 대화했던 게 우스워졌다.

식당에서 삼겹살, 김치찌개, 떡볶이 등을 시켜 먹었다. 김치와 상추는 별도로 구매해야 했는데 런던에서는 흔한 일이었지만 엄마 아빠는 경악스러운 듯 보였다. 삼겹살을 맛있게 구워 먹고 반찬을 소중히 아껴(!) 먹으며, 또 한국인 직원과는 몇 번의 대화도 나누었다. 부모님의 안색은 한결 좋아졌다.

노팅힐의 포토벨로 로드마켓을 토요일, 가장 사람이 많을 때 60대의 부모님을 모시고 간 내가 잘못이었다. 두 분께 더 어울리는 여행 장소를 찾지 못하고 내 기준으로 계획을 세운 게 미안해졌다. 동생은 식사 후 백스테이지 오리지널스(Backstage Originals, 좀 전에 방문했지만 금방 나온 가게)에 다시 방문했지만, 마음에 드는 선물은 고르지 못했다. 그래도 실컷 구경했으니 만족했겠지. "다음에 친구랑 둘이 와서 더 마음껏 놀다 가."하고 위로해 주었다. 동생은 "그래야지." 하고 씩씩하게 대답했다.

배불리 점심을 먹은 우리는 그 길로 타워 브리지로 향했다. 빨간 이층 버스를 타고 다리를 가로질러 건너편에 내렸다. 다리 위에는 웨딩 촬영을 하는 사람들도 보이고 인파로 북적였다. 버스에서 내리자마자 곧바로 다리 위로 가지는 않았다. 해가 중천에 떠 있는 오후, 뜨거운 햇살을 받으며 걷기보다는 다리 아래 그늘에서 쉬는 편을 택했다. 우리가 쉬는 곳에서도 타워 브리지의 아름다운 모습이 잘 보였다. 잠시후 테라스가 있는 펍에 가서 콜라와 맥주를 마시며 휴식을 취했다.

야외 테라스에 앉아 엄마와 아빠에게 간단한 인터뷰를 하는 영상을 재미 삼아 찍었다. 엄마는 "아까 한국 식당에서 한국말 처음 했어요."하며 한국인을 만난 것을 기뻐하시는 듯했다. 아빠는 "타워 브리지까지 와서 좋은 구경하고 갑니다."하고 누구에게 하는 말인지는 몰라도 깍듯한 존댓말을 써가며 인터뷰에 잘 응해주었다. 내가 취미로 하는 유튜브에 영상이 올라갈 것을 예상하신 모양이었다. 덕분에 재미있는 그림이 나와 기뻤고 생각보다 부모님께서 여행을 즐기고 있는 것 같아 안심했다.

야외테라스에서는 타워 브리지가 잘 보여 좋았지만 바람이 세게 분다는 단점이 있었다. 우리는 테라스에서 실내로 자리를 옮겼다. 펍 안에서도 커다란 유리창 덕분에 타워 브리지 아래 넘실거리는 템즈강 물결까지도 잘 보였다.

동생은 메뉴에서 '피시 앤 칩스'를 발견하고는 먹어보고 싶다고 속삭였다. 나는 지폐를 쥐어주고는 혼자 주문해보라고 제안했다. 동생은 "내가? 혼자? 알았어, 해볼게. 끝에 please(주세요)를 붙이면 되는 거지?" 하며 한 번 묻더니 곧장 바에 가서 직원과 화기애애하게 대화하고는 자리로 돌아왔다. 동생은 미소를 머금은 채 "직원분 엄청 친절하셔."라고 말했다.

　영국 사람들은 친절하다. 물론 더 친절한 나라도 있겠지만, 영국 사람도 나름대로 친절하고 사람을 산뜻하게 대해주는 매력이 있다. 여행 내내 친절을 베풀어준 영국 사람들과 영국에서 만난 모든 사람에게 고마웠다. 지하철에서는 나이드신 엄마와 아빠를 위해 대부분의 젊은이들이 자리를 양보해줬다. 처음엔 부모님도 당황하셨지만 나중에는 "어~ 땡큐, 땡큐!" 호탕하게 외치시며 자리에 앉았다.

　어느 날은 엄마가 자리를 양보해준 젊은 커플에게 "땡큐!" 하고 외쳤는데 커플 중 한 남자가 한국어로 "감사합니다!"라고 대답하는 것이 아닌가. 엄마는 눈이 휘둥그레지고 나도 놀라서 어안이 벙벙했다. 한국어를 가르치는 일이 직업인데도 한국어를 사용하는 백인 외모의 낯선 사람을 만원 전철에

서 마주하니 귀를 의심하고야 말았다. 뒤늦게 나도 "감사합니다~"라고 말한 후 내릴 때가 되어 자리를 떴는데, 나중에야 "한국어 잘한다고 칭찬이라도 해줄걸!"하고 후회했다.

피시 앤 칩스가 푸짐하게 나왔다. 좋아하는 음식은 아니라 나는 한 입도 먹지 않았지만 엄마와 아빠는 포크를 쥐고 한 입씩 거들었다. 다들 영국까지 왔는데 영국 대표 음식 피시 앤 칩스는 먹어줘야지 하는 눈치였다. 맛이 어떠냐고 물어보자, 다들 그냥 생선튀김 맛이라 특별할 게 없다고 말했다.

느긋하게 식사를 한 후 그리니치 공원으로 향했다. 지하철을 탈 수도 있었지만, 창가 너머로 보이는 보트에 관심이 생겨 바로 핸드폰을 들어 검색해보았다. 타워브리지가 있는 런던탑 지역에서 공원까지 보트로도 갈 수 있었고 그게 지하철보다도 빠르고 간단했다. 템즈 강에서 보트를 타 보는 것이 소원이었는데 드디어 기회가 와서 기뻤다. 가족들에게 양해를 구하고 한 시간 반 정도 후의 시간으로 보트를 예약해 두었다.

시간은 넉넉했고 급한 일도 없었기에 맥주를 더 주문했다. 이번에는 엄마에게 맥주 주문을 맡겨 보았다. 내가 아무리 가이드라지만, 여행의 묘미는 혼자서 주문도 해보는 것이니 엄마에게 도전해보도록 제안했다. 엄마는 흔쾌히 "알았어! 내가 해볼게!" 하고는 성큼성큼 계산대로 걸어갔다. 내게 5파운드짜리 지폐를 받아서 말이다. (참고로 영국에서는 식당이 아닌 펍에서는 보통 선불로 맥주나 음식을 주문한다) 혹시 몰라 나도 따라 나가서 엄마 옆을 서성거렸다. 엄마는 "One beer, please."라고 말했고 직원은 맥주의 종류를 물었다.

나도 맥주에 대해서는 아는 게 없어서 뭐가 뭔지는 잘 몰랐다. 엄마는 아무거나 가리켰고 직원은 시험 삼아 마실 수 있도록 작은 잔에 맥주를 따라주었다. 검은색 흑맥주였다! 흑맥주를 한 모금 마셔본 엄마는 그냥 그걸로 달라고 부탁했다. 직원은 상냥하게 웃으며 큰 잔에 맥주를 따라주었다. 엄마는 지폐를 냈고 직원은 거스름돈을 주었다. 모든 과정을 흐뭇하게 지켜보던 나는 엄마가 즐겁고 뿌듯해하시는 것 같아 기분이 좋았다.

타워브리지 위를 건너 런던 탑 지역으로 갔다. 그곳에서 보트를 타고 그리니치 공원으로 향했다. 보트는 무척 빨랐고 사람도 많아서 우리 가족은 각자 따로 앉아야 했다. 그리니치 공원에 도착해서는 엄마 아빠는 빠른 걸음으로 먼저 걷고, 나와 동생은 천천히 사진을 찍으며 뒤에서 따라 걸었다.

걷다 보니 길을 헤매게 된 우리는 결국 다시 핸드폰으로 지도를 확인했다. 목적지는 그리니치 표준 시계였다. 전 세계 모든 시간의 중심이 되는 곳이라고 해서 보러 가는 길이 설레었다. 오 분 정도 더 걸어서 시계가 있는 장소에 다다랐다. 막상 도착해 보니 시계보다 정상에서 보이는 경치가 더 아름답고 인상적이었다. 공원 정상으로 올라가는 길은 경사가 져서 다리가 아프다고 투덜거렸지만 막상 도착하니 눈에 들어오는 넓은 하늘과 눈부신 강, 그리고 런던 도시 전경이 무척 아름다웠다. 가슴이 두근거릴 정도로 멋진 전망이었다. 해 지는 하늘 아래 금빛 노을이 템즈 강 위로 비쳤다. 그리니치 공원을 추천해준 건 알렉스의 부모님이었다. 감사의 마음은 나중에야 전할 수 있었다.

나와 우리 가족은 노을이 서서히 사라지기 전까지 잔디밭에 앉아 여유를 즐겼다. 그즈음엔 핸드폰의 배터리도 없었기에 돌아오는 길은 엄마의 핸드폰을 이용해야 했다. 핸드폰을 사용할 수 없게 되자 더욱 자유로운 기분이 들었다. 많은 시간을 디지털 세상에서 보내고 있었던 게 후회스러웠다. 현실 세상에서만 느낄 수 있는, 아름다운 자연이 주는 실체적 기쁨에 대해 생각해 볼 수 있는 좋은 경험이었다.

버킹엄 궁전에서 코번트 가든까지

    일요일은 분주하게 시작됐다. 다음날인 월요일에는 공항으로 가서 한국으로 가는 비행기를 타야 하니 여행 일정 중 가장 마지막 날이었다. 계획은 아주 깔끔하게 세 가지만 세우고 출발했다. 버킹엄 궁전에서 아침 열한 시에 하는 근위병 교대식을 구경하는 것, 소호(Soho)에서 스테이크를 먹는 것, 그리고 코번트 가든(Covent Garden)으로 넘어가는 것이었다. 간단하다고 생각했던 일정이었지만 끝내기까지는 결코 쉽지 않았다.

    버킹엄 궁전까지 무사히 도착한 우리는 우선 인파에 놀랐다. 11시에 시작하는 교대식을 구경하기 위해 2시간 전부터 궁전 앞의 명당에 많은 사람이 자리를 잡고 있었다. 우리는 시작하기 10분 전에 아슬아슬하게 도착했다. 어디에 서야 할지 갈피를 잡지 못해 이리저리 밀려다니다가 결국 버킹엄 궁전의 입구 옆에 간신히 자리를 잡았다.

키가 작은 나와 엄마, 동생은 앞이 하나도 보이지 않았다! 앞사람 중에는 어린 딸아이를 어깨 위에 올려 좋은 구경을 시켜주려는 아버지도 있었다. 성능 좋아 보이는 카메라로 빨간 제복의 근위병들을 찍는 구경꾼들도 있었다. 하도 사람이 많다 보니 처음 보는 사람들끼리도 '사람이 너무 많네' 하고 대화를 나누며 호탕하게 웃기도 했다. 여기까지 와서 앞사람의 등만 보다 돌아갈 순 없다는 생각에 핸드폰 카메라를 켜서 팔을 있는 힘껏 치켜올렸다. 카메라로 영상을 찍으며 핸드폰 액정에 비친 모습으로나마 앞의 풍경을 볼 수 있었다. 나중에 가족들과 영상을 공유하며, '여기 이게 있었어?' 하고 놀라기도 했다. 다음에 버킹엄 궁전에 갈 일이 생긴다면 꼭 일찍 도착해서 좋은 자리를 잡고 기다려야겠다고 다짐했다.

점심은 예정대로 소호(Soho)에서 스테이크를 먹었다. 한국 사람들에게도 꽤 유명한 식당인 플랫 아이언(Flat Iron)에 갔는데 무료 서비스로 주는 아이스크림이 스테이크만큼이나 유명하다. 식당에 자리를 잡고 앉자마자 주문을 했다. 직원은 화기애애해 보이는 우리 가족이 보기 좋았는지 어떤 마음인지는 몰라도 갑자기 사진을 찍어주겠다고 했다. 덕분에 의도하지 않은 가족사진 한 장이 추가됐다.

플랫 아이언에서 스테이크를 먹을 때 발생한 해프닝은 바로 영국 식당의 주문, 서비스 문화가 한국과는 다르기에 일어났다. 스테이크를 주문하면서 채소를 좋아하는 엄마를 위해 샐러드를 함께 주문했다. 하지만 엄마가 샐러드 소스를 빼달라고 말한 것을 식당에서 잊어버리고 말았다. 소스에 버무려진 샐러드가 서빙되었고 엄마는 소스 없는 샐러드를 한 번 더 주문하자고 말했다. 나는 "영국 식당에서는 주문하는 게 그렇게 쉽지 않아요."라고 말하고는 직원이 우리 근처로

지나가기를 기다렸다. 엄마는 바로 눈앞에 직원이 두 명이나 있는데 부르는 게 뭐 어렵겠나 싶었는지 손을 들어 주문 의사를 밝혔다. 직원들은 우리가 보이면서도 무시하는지 자기들끼리 대화를 나누느라 바빠 보였다.

영국에서는 이런 일이 자주 일어난다. 인종차별이라고 지레짐작하기 전에 영국에서는 직원의 응대 문화와 서비스 정신이 한국이나 일본과는 다르다는 점을 기억해야 한다. '손님은 왕(혹은 신)이다'라는 생각은 하지 않는 것 같다. 엄마에게 직원들이 가까이 오면 그때 말하자고 이야기했다.

엄마는 두 팔을 모두 들어 만세를 한 번 했지만 직원들은 아예 고개를 다른 쪽으로 돌린 상태였다. 엄마는 팔을 모두 내렸고 여전히 직원을 뚫어져라 쳐다보고 있었다. 시간이 조금 흘러 한 직원이 옆 테이블에 스테이크를 서빙하기 위해 왔을 때 우리에게 "괜찮으세요? (Are you guys ok?)"하고 물었고, 우리는 그제야 '소스 없는 샐러드'를 주문할 수 있었다. 스테이크는 이미 거의 반 이상 먹은 상태였다. 샐러드는 금방 나왔지만 힘든 주문의 여파로 우리는 조금 지쳐 있었다.

샐러드를 부탁할 때 아빠 역시 혼자 주문해 볼 기회를 가질 수 있었다. 맥주를 한 잔 더 시켜보겠다는 말에 기꺼이 도

전해보라고 했다. "same one, please (같은 걸로 한 잔 주세요) 하면 되는 거지?"라고 거듭 묻고 연습한 후였다. 직원은 "same one (같은 걸로)"이라는 말하자마자 손에 든 병을 보고는 눈치껏 "알겠습니다" 하고는 빈 병을 가지고 주방으로 갔다. "please는 못 해서 아쉽지만, 잘했어요." 하고 아빠를 칭찬했다. 이로써 가족 모두가 한 번씩 주문해본 셈이 되었다. 가이드 역할에 충실한답시고 너무 혼자서만 직원들과 이야기하고 대화의 경험을 독차지한 게 아닌가 싶어 미안해질 무렵이었다.

플랫 아이언에서 식사를 마치고 나오려다가 서비스로 주는 아이스크림이 있다는 사실이 떠올랐다. 아이스크림 기계 앞에 서 있자, 직원 한 명이 나와 콘을 하나 들고 소프트아이스크림을 뚝딱 만들어 주었다. 엄마에게도 "하나 드실래요?" 묻자, "아이스크림은 말고 밑의 콘 부분만 먹고 싶은데."라고 말했다. "그건 어려울 것 같은데…." 하고 말했다가 엄마를 또 토라지게 하면 안 될 것 같아서 "그러면 엄마가 가서 말해 봐요." 하고 마음대로 하시게 두었다.

엄마는 직원과 소통하는 듯하더니 콘(과자 부분) 하나를 손에 들고는 행복한 듯이 걸어 나왔다. "와, 뭐라고 했어요?" "empty, please (빈 상태로 주세요) 이랬지, 다 알아듣던데?" 엄마는 무척 자랑스럽고 뿌듯한 듯 말했다. 엄마의 그렇게 행복한 표정은 여행 중 처음 보았다.

소호에는 유명하고 오래된 백화점인 리버티(Liberty)가 있었다. 영화에도 여러 번 배경으로 나오고 옷을 좋아하는 사람에게는 유명한 꿈같은 공간이다. 경험 삼아 가족들과 백화점 안에도 들어가 구경해보았다. 물건은 비싸지만, 1875년에 만들어진 나름대로 전통 있는 곳이기에 구경할 가치가 있다고 생각했다. 백화점을 나와서는 소호부터 코번트 가든

(Covent Garden)까지 걸어가 보자고 제안했다. 이때 동생은 또 영국 밴드의 기념품을 파는 가게를 발견했기에 '코번트 가든에 있는 애플 마켓에서 만나자'라고 약속한 후에 흩어졌다. 동생이 나보다는 어리지만 나름 20대 중반의 대학생이라 혼자서도 괜찮겠지 하는 믿음은 있었지만 조금 불안하고 걱정도 되었다.

코번트 가든까지 걸어가는 동안 차이나타운도 지나고, 한국 슈퍼마켓과 분식(Bunsik)이라는 이름의 떡볶이 가게도 보였다. 하나하나 신기해하며 사진을 찍는 등 나름대로 분발하고 있는 아빠와는 달리 엄마는 이미 지칠 만큼 지쳐 있었다.

엄마에게 코번트 가든이 실망스럽지 않기를 바라며 도착했으나 역시 길거리 코미디, 마술쇼나 버스킹 공연 같은 이벤트들은 나에게만 흥밋거리였다. 대신 엄마에게는 엄마 친구들에게 선물할 물건을 사도록 코번트 가든 안의 여러 상점을 구경하게 해드렸다. 엄마와 아빠는 여기에서 가장 실용적인 선물로 펜을 수십 개를 샀다. 덕분에 나도 아이디어를 얻어 친구들을 주겠다고 펜을 다섯 개 정도 샀다. 의외로 영국 국기가 그려진 펜은 선물로 인기가 좋았다! 더 사와도 좋았을 것을~ 하고 아쉬워하는 중이다.

가족들이 귀국하고 내게 남은 것

　월요일, 가족의 귀국 날이었다. 아침부터 분주했다. 먼저 호텔 로비에 모여 체크 아웃을 하고 짐을 맡겼다. 코로나 검사를 하러 가야 해서 가까운 검사소까지 지하철을 타고 갔다. 빠르게 코를 쑤시고 음성 확인서를 받은 후에야 비로소 안심이 됐다. 순간 대영 박물관(영국 박물관)에 가보지 않았다는 생각에 공항으로 가기 전 마지막 일정으로 어떠냐고 제안해 보았다. 다들 '뭐, 그래. 괜찮겠네.' 하는 눈치였다. 검사소에서 빨간 이층 버스를 타고 이동했다.

　박물관에 입장하기 위해 가방 검사를 받았다. 박물관에 입장해서 무엇을 볼지 딱 하나만 정하자고 제안했다. 에너지를 아끼자는 마음이었다. 체력이 이제 거의 바닥 난 부모님께 '한국실'만 가보자고 제안하고 바로 이동했다.

엄마와 아빠는 입장하자마자 '우와, 한국~' 하고는 둘러보시다가 커다란 항아리를 보고는 우뚝 서서는 '와, 항아리 좀봐, 엄청나게 큰 항아리야.' 하시며 좋아하셨다. 그 자리에서서 여러 번 사진을 찍으시고는 가까이에서 오래 서성거리셨다. 그 모습이 너무 웃기고 인상적이었는데, 나중에 '그때항아리를 보고 왜 그렇게 좋아했던 거야?'라고 여쭈어보니엄마가 대답하기를 "항아리가 크면 그 안에 음식을 많이 저장할 수 있다는 거니까…. 좋은 거지."하고 좋아했던 이유를나름의 논리를 가지고 말씀해 주셨다. 다만 항아리는 거의교과서에서만 보고 자란 내가 부모님의 생각에 마음 깊이 공감하거나 이해하지는 못해 유감이었다.

한국실을 빠져나오자 찻잔과 도자기로 가득한 공간이 나왔다. 한국 도자기보다는 중국 도자기가 많았다. 엄마와 아빠는 이제 1층에 내려가서 휴식을 취하겠다며 동생과 내게더 둘러보다 천천히 내려오라고 하셨다. 동생을 데리고 유럽과 영국 유물을 보러 갔다. 미라, 오래된 지도 등, 특이한 물건을 볼 때마다 동생은 사진을 찍고 한참을 구경했다. 동생이 자유롭게 구경할 수 있도록 내버려 두었다. 멀리서 잃어버리지 않을 정도의 거리만 유지하며 걸었다.

관람을 마친 후 부모님과 합류해 박물관을 나와 마지막 점심을 먹으러 식당으로 향했다. 그동안 한식을 많이 먹었으니, 마지막 음식 정도는 양식을 먹어도 되지 않을까 싶었다. 그래봤자 햄버거였다. 영국에 가게 되어 무슨 음식을 먹는 게 가장 좋을까 고민하고 있다면 햄버거를 강력하게 추천한다. 햄버거는 영국에서 먹는 외식 메뉴 중 가장 맛있는 음식이라고 생각한다.

한 번은 케이팝 페스티벌에 참여하기 위해 런던에 갔다가 길에서 우연히 한국 아이돌 세 명을 만나 잠시 대화를 나누었다. 그때도 "런던에서 뭘 먹어야 할지 추천해주세요"라고 하기에 "햄버거, 고메 버거에 가보세요"하고 추천해 주었다. 아쉽게도 그녀들이 전날 햄버거를 이미 먹었다기에 내 추천은 빛을 보지 못했지만 그만큼 '고메 버거'에 대해 나는 진심이다. (정식명칭은 Gourmet Burger Kitchen(고메 버거 키친)이지만 나와 알렉스는 고메 버거라고 편의상 부르고 있다)

고메 버거에서 식사한 후 가족과 함께 다시 호텔로 돌아가 맡긴 짐을 찾았다. 호텔에서 택시를 부르면 거의 100파운드 정도의 요금이 들지만, 우버 택시 앱으로 (마치 카카오 택시 같은 앱) 부르면 최소 59파운드가 나온다고 호텔 직원이 알

려주었다. 우버 택시 앱을 새로 깔고 등록한 후 택시를 불렀
다. 친절한 호텔 직원 덕분에 런던 시내에서 공항까지 짐까
지 모두 싣고도 59파운드라는 합리적인 가격에 편하게 갈 수
있었다.

공항에서 짐을 모두 부치고 난 후 카페에 앉아 약간의 휴
식을 취했다. 그동안 고마웠고 재미있었으며 반가웠다는 소
감을 나눴다. 그리고 일주일 후 내가 귀국할 때까지 모두 건
강하게 지내고 한국에서 다시 보자는 대화가 오갔다.

그리고 가족들은 무사히 한국으로 돌아갔다.

일주일은 빠르게 흘러갔다. 그 사이에 알렉스네 가족과 함
께 바다에 가서 수영을 하고 아이스크림을 먹기도 했다. 귀
국 나흘 전에는 알렉스네 집에서 이웃과 그의 친척과 친구들
을 모두 불러 굿바이 파티(송별회)를 하기도 했다. 로즈는 케
이크와 과자를 열심히 구워주었고 다들 선물과 카드를 주고
포옹도 해주었다. 감사한 마음이었다. 알렉스를 비롯해 가
족 모두 아쉬움에 눈물을 흘렸다. 알렉스의 여동생 로신도
그리울 거라고 말하며 눈물을 참지 못했고 로즈도 여러 번
눈물을 흘리셨다.

나도 울어야 하나, 라는 마음이 들었지만 귀국을 앞둔 복잡한 심경에 스트레스도 많던 때인지라 감정적인 마음보다는 이성적인 판단이 평소보다 앞서 있어서 눈물은 나지 않았다. 또한 언젠가는 돌아올 거라는 믿음이 있었기에 슬프지 않았다. 나는 "이렇게 나를 완전히 보내버리면 내가 어떻게 금방 다시 돌아와요, 민망해서."라고 우스갯소리를 했다. 가족들은 그제야 웃어주었다.

에필로그

2022년은 저에게 특별한 한 해였습니다.

3월부터는 영국 학교에서 방과 후 수업으로 한국어 교실을 시작했고 5월에는 한국어 교원 양성과정을 수료하며 한국어 교육이란 분야에 한 층 더 가까워지게 되었습니다.

4월에는 영국 문화에 관해 쓴 에세이 <500일의 영국>이 출간되었고 가을에는 중쇄를 찍는 등 많은 사랑을 받아 감사했고 에세이 작가로서도 한 번 더 성장하는 계기가 되었습니다.

9월에는 이 년간의 영국 생활을 정리하고 한국으로 돌아와 가족과 친구들을 만났고 한국어 강의도 온라인으로 계속할 수 있었습니다.

한국어 교육이란 분야를 더 깊이 공부하고자 내년(2023년) 3월에는 대학원 진학을 앞두고 있습니다. 그전에는 일본 홋카이도의 삿포로에 가서 한 달 정도 머무르며 생활해볼 생각입니다. 2주 정도는 동생과 보내고 3주 정도는 알렉스와 함께할 예정이라 매우 기대가 됩니다. 홋카이도라는 가본 적 없는 장소로 모험을 떠난다는 생각에 가슴이 두근거립니다.

여행과 새로운 모험을 좋아합니다. 일본에서의 교환학생, 일본 워킹홀리데이 생활과 영국 워킹홀리데이 생활은 제 인생의 모험이자 큰 이벤트였고 저에게 많은 영향을 주었습니다. 가기 전에는 두려움과 망설임의 시간도 있었지만 지나와서 보니 다시는 없을 즐겁고 행복하고 감사한 경험이었습니다. 홋카이도 한 달 살기가 더 기대되는 이유입니다.

한국어 강사 일도 열심히 해 나가고 작가로 좋은 글을 많이 써서 책으로 독자님들과 계속 만나고 싶습니다.

감사합니다.

영국 일기

빛나는 일상과 여행의 설렘, 잊지 못할 추억의 기록

초판 1쇄 인쇄　2022년 12월 15일

초판 1쇄 발행　2022년 12월 22일

지 은 이　　윤정

펴 낸 이　　최수진

펴 낸 곳　　세나북스

출 판 등 록　　2015년 2월 10일 제300-2015-10호.

주　　　소　　서울시 종로구 통일로 18길 9

홈 페 이 지　　http://blog.naver.com/banny74

이 메 일　　banny74@naver.com

전 화 번 호　　02-737-6290

팩　　　스　　02-6442-5438

I S B N　　979-11-979164-3-4 03810